사진을 남기는 사람

유희란 소설집

유 희 란 소 설 집

사진을 남기는 사람

아시아

차례

밤하늘이 강처럼 흘렀다

이곳으로 와줄 수 있겠니?

느슨한 목소리가 수화기 너머 들렸다. 구청 앞으로 일인 시위를 하러 간다던 이모였다. 나는 뭐라고 대꾸도 하지 않고 서둘러 자동차의 열쇠를 찾았다. 한쪽 손은 통화 중인 휴대전화를 든 채 다른 쪽 손은 이미 가방을 뒤적이고 있었고 눈으로는 연신 화장대와 책상 위를 훑었다. 열쇠가 보이지 않았다.

샜나 봐. 든든히 먹고 나온다는 게 너무 많이 먹었는지.

이모의 말에 허둥거리던 눈과 손이 조금 진정되었다. 오히려 별일 아니라는 생각이 들었다. 가방 밑바닥에서 뒹굴고 있던 열쇠를 찾았지만, 잠시 바라만 보았다. 잔기침하며 이모가 조심스럽게 말을 이었다.

하나 준비해 온 주머니를 써버렸어.

구청 앞에 이모가 없었다. 차를 몰아 건물들 사이를 한 바퀴 돌며 이리저리 시선을 옮겨 한 사람 한 사람의 얼굴을 바라봤다. 업무가 끝날 무렵이라 그런지 많은 사람이 오갔다. 세 동으로 이루어진 건물 어디에도 이모의 모습은 보이지 않았다. 차를 세워두고 찾아볼 요량으로 주차장으로 들어갔으나 빈자리가 없었다. 하는 수 없이 출구 쪽으로 핸들을 꺾는 순간, 막다른 곳에 서 있는 트럭이 눈에 띄었고 그 옆으로 이모가 조그맣게 보였다. 화단턱에 구부정한 자세로 쭈그리고 앉아 쏟아지는 햇빛을 등진 채였고 땅바닥으로 숙인 그녀의 얼굴과 두 무릎은 짙은 그늘 안에 묻혀 있었다.

'장루 주머니 무상지원. 치료비 본인부담금 경감 요구.'

문구가 또 바뀌었다. 합판으로 엉성하게 만든 피켓은 그녀 곁에 되는대로 누워 있었다. 부서지거나 뜯긴 곳은 없지만 온전하게 보이지 않았다. 수그러진 고개 따라 기울어져 있던 몸을 곧추세우고 일부러 그늘을 찾아 앉은 표정으로 이모는 먼 곳을 바라봤다. 지금 견디기 어려운 건 시간뿐이라고 여기는 아득한 눈으로. 심각한 문제가 있는 사람으로 보이지 않았으나 하품 끝에 가방을 뒤적이는 이모에게서 나는 눈길을 돌렸다.

공공건물에는 어울리지 않게 큰 화물차였다. 바닥에 쏟아놓은 시멘트처럼 보이는 그림자가 바퀴에 걸려 검은 주차공간이 따로 있는 양 구획을 짓고 있었고 그곳에서 번지는 차가운 냄새가 전해졌다. 이모는 어느새 질겅질겅 껌을 씹으며 한 손은 허리를 감싸고 다른 손은 피켓 손잡이를 만지작거리고 있었다. 나는 늘 그녀의 모습을 똑바로 바라보기가 어렵다. 내가 다가가는 동안 허리를 더듬던 손을 들어 이모는 여러 차례 냄새를 맡았다.

매일매일 감사해.

집으로 향하는 차 안에서 그녀가 혼잣말처럼 중얼거렸다.

따뜻한 햇볕을 받으면서도 감사하고 상쾌한 바람을 마시면서도 감사해. 자연은 정말 아름답지 않니?

그렇게 묻고는 뒷자리의 차창에 얼굴을 붙였다. 나의 대답을 기다리는 기색은 없었고 다만 아름다운 하늘을 바라보는 것이 눈을 치켜뜨는 거로는 모자랐는지 고개를 옆으로 낮게 기울였다. 고마움에 겨운 자세였다. 곧 석양이 물들 시각이었으나 푸른 하늘은 아직 높고 눈이 부셨다. 룸미러에는 뿌리가 하얗고 머리숱이 없는 이모의 정수리만 보였다.

아, 바람이 많이 부네.

창문을 반쯤 내리고 숨을 들이마시는 그녀의 목소리는 바람에 실려 나긋했다. 차를 탄 후 새고 있다는 배변 주머니 얘기는 꺼내지 않았다. 바람결에 냄새가 나는 듯했지만, 나도 물어보지 않았다. 따닥따닥. 껌에서 단물이 다 빠지고 나는 소리가 차창을 두드리고 있을 뿐이었다.

너무 뚱뚱해 보이지?

자신의 허리를 두 손으로 쓸어내리며 그녀가 물었는데 껌 씹는 소리만큼이나 따분하게 들렸다. 나는 뽀얗게 먼지가 앉은 유리창의 와이퍼를 켰다. 깨끗하게 닦인 앞 유리에 이내 꼬질꼬질한 물줄기가 흘러내렸다. 긴 자국이 오롯이 남고도 그 위로 또 다른 물줄기가 갈래를 뻗었다.

아니.

무심하게 대답하고 다시 와이퍼를 켰다.

이모는 옆구리에 장루 주머니를 찼다. 장루는 장의 일부분을 복벽에 만들어 대변을 체외로 배설할 수 있도록 만든 구멍을 의미했다. 그곳에 부착한 주머니를 가리느라 허리에 복대를 둘러야 했기 때문에 언제나 펀펀하게 퍼진 옷을 입었다. 이모는 가뜩이나 나온 배가 더 나와 보인다며, 살을 빼려는데 안 빠지는 살을 원망이라도 하는 투로 시큰둥하게 말하곤 했다. 우울하거나 서글프다는 내색은 하지 않았고 단지 일상의 불편함이 마음에 들지 않는 눈치였다.

일주일에 두 개가 말이 되니? 하루에도 두 개씩은 필요한데.

차 안엔 희미한 냄새가 부유했다. 인공항문에 연결된 주머니는 일회용이었고 정부에서 무상으로 제공하는 장루 주머니는 일주일에 두 개였다. 그런 이유로 그녀는 일인 시위를 시작했다. 일인 시위는 집회 및 시위에 관한 법률상 '시위'에 해당하지 않았으므로 그것에 걸맞게 무기나 주먹 대신 합판으로 만든 피켓과 주름진 얼굴을 들었다. 어느 한군데 가리지 않은 그녀의 얼굴은 피켓 위에 쓰인 글보다 더 시선을 끌기도 했다.

'장루 주머니, 복지 혜택이 부족하다.' '요양병원 입소 거부 부당하다.' '장루 관리가 가능한 의료기관이나 시설이 너무 없다.' 매주 목요일 보건소 앞에서 가끔은 구청 앞에서 피켓을 들고 서 있었다. 어떤 날은 이렇게도 썼다. '화장실에 세척시설 설치 요구합니다.' 대부분은 관심이 없었고 오다가다 그녀를 보게 된 사람들은 문구를 보고 의아하다는 표정이었다. '누군가의 생명입니다. 살려주세요.' '배변 주머니는 수치일 수 없습니다.' 이따금 피켓에는 그처럼 노골적인 문구가 쓰였다 지워졌다. 어떤 이들은 장루 주머니가 무엇인지 모르겠다는 표정으로 외면했고 생명에 영향을 미치는, 그래서 피켓을 들고 살려달라고 애원할 수밖에 없는 상황을 짐작이라도 해보려는 듯 걸음을 멈추고 바라보는 이도 있었다. 내건 글의 참담함에 비해 거창한 요구가 아니라는 것만은 알고 있는 눈치였다. 그녀는 그들을 붙들고 설명하지 않았다. 설득하고 이해시키려는 목적보다 호소하는 과정에 의미를 둔 것으로 보였다.

다음 주엔 보험공단으로 가야겠다.

이모는 차창 밖을 응시하고 있다가 가방을 열었다. 또 다른 문구가 떠올랐는지 손바닥만 한 수첩에 무언가를 서둘러 적기 시작한다. 하루에 한 번씩 화장실에서는 그녀만의 의식이 치러지고 있었고 음식을 많이 먹거나 속이 좋지 않은 날은 그 횟수가 잦았다. 그런데 오늘 공교롭게 그 주머니가 거북한 지경이 된 거였다.

사거리의 좌회전 신호가 켜지고 나는 일 차선으로 차를 몰아 유턴을 했다. 대각선 차선에서 우회전하는 차와 마주쳤으나 아랑곳하지 않고 차를 돌렸다. 급정거한 차의 운전자는 사고를 모면한 사람처럼 가슴을 쓸어내리는 자세를 취했다. 내가 속도를 줄이지 않자 여자의 기계 음성이 들렸다. '제한 속도 60킬로입니다.' 내비게이션을 통해 듣는 목소리는 언제나 단속하는 바람에 정감이 느껴지지 않는다. 곧이어 연속적인 신호음이 들리고 나는 그제야 브레이크를 밟았다.

수술 후 자신의 옆구리에 달린 배변 주머니를 바라만 보았다. 뜻밖에도 그녀의 감정은 조용했다. 그저 고개를 숙이고 옆구리에 달린 인공항문과 그곳에서 연결되어 밖으로 나와 있는 배변 주머니를 가만가만 만졌다. 이모는 혈변이 있고 난 뒤 장 내시경을 했고 직장암 진단을 받았다. 초기라고는 했지만, 수술에 들어가 조직검사를 한 결과 암세포가 근육에 전이되어 항문을 없애야만 했다. 그나마 다행인 건 항암 치료는 받지 않았는데 암세포가 퍼진 곳을 모두 도려냈기 때문이었다. 병실 커튼 사이로 보이는 그녀는 마치 깊은 산간 아래 몸을 숨기고 있는 것처럼 보였고 나는 그런 이모에게 나오라고 손을 내밀 수 없었다.

　이제 그만해.

　몇 미터 앞의 사거리에서 좌회전하기 위해 지시등을 켜며 내가 말했다.

　그만두긴. 요구해야 알지 누가 알겠니. 다들 장루가 뭔지도 모르는 얼굴이더라.

　삼 차선에서 이 차선으로 그리고 일 차선으로 차선을 옮겼다. 뒤편 사거리에 직진 신호가 켜지자 차들의 무리가 한꺼번에 달려오고 있었다. 나는 룸미러를 언뜻 쳐다보고는 가속페달을 밟았다. 일인 시위를 하는 명분이 이모에게는 더욱 확고해진 게 분명했다. 화장실에서 번거로운 시간을 치르면서도 요구하는 일에 골몰하여 배변 주머니를 염두에 두지 않게 된 걸 다행이라고 할 수 있을까. 변기와 바닥 그리고 혹시 모를 벽의 얼룩을 닦으면서도 피켓의 문구를 생각했고 어디서 시위를 해야 할지 고민하는 이모를 나는 바라만 봤다. 그런 증상을 앓게 되리라는 걸 이미 짐작한 사람처럼. 그녀는 살아오면서 전에도 겪었던 병증과 같이 몹시 아파 보이지 않았다.

늘어선 빌딩과 건물들 사이로 낮아진 주홍빛 해가 보인다. 차 안의 분위기와는 아주 딴판인 세상으로 느껴질 만큼 밝고 다사로운 빛깔이었다. 그러고 보니 그녀가 감사한다는 자연과 이모는 닮은 구석이 있었다. 주어진 환경에 따라 삶의 방법을 바꾸고 적응하는 자연과도 같이, 그녀는 해야 할 일이 많았다. 장루 주머니를 교환할 때는 누공의 크기와 색깔 그리고 배액 내용물을 확인해야 했고 냄새를 줄이기 위해 장루 주머니에 방취용액을 미리 넣어두어야 했으며 피부에 발적이나 수포성 염증이 생기는지 매일 살폈다. 그리고 홀로 서서 일인 시위까지. 어, 어. 그녀의 불안한 음성과 함께 어디선가 급브레이크 밟는 소리가 났다.

옆 차와 부딪힐 뻔했어. 너무 서둘지 마.

보행 신호에 나는 차를 멈췄다. 차창 위의 손잡이를 두 손으로 붙들고 이모는 위험에서 가까스로 빠져나온 사람처럼 겁먹은 얼굴로 차창 밖을 쳐다봤다. 보행 신호가 켜졌는데도 옆 차선의 차는 속도를 늦추지 않고 건널목을 지나쳐 달려갔다. 누군가는 발을 떼려다 멈칫했고 누군가는 신호를 무시한 차를 향해 삿대질했다. 아직 퇴근 시간이 되기 전인데 도로는 인파와 차들로 북적였다. 사람들이 우르르 길을 건넜다. 차창을 투과한 햇살을 받으며 인상을 찌푸리는 이모를 잠시 바라보다 하늘을 향해 눈길을 두었다. 눈을 찌르는 빛을 느끼는 찰나, 여기저기서 경적이 들렸다. 직진 신호가 켜졌어도 차는 좀처럼 속도를 내지 못했다. 사거리 신호는 짧고 차들은 앞차와의 어떤 간격도 허용하지 않으려 밀착한 채 꼼짝하지 못했다.

너, 그 사람 아직도 만나니?

이모가 물었다. 나는 우회전하기 위해 차들 사이로 언제 끼어들어야 할지 주의를 기울이고 있었다. 누군가의 모습에 그를 떠올린 걸까. 주변을 둘러보아도 그와 비슷한 사람은 없었다. 룸미러로 그녀와 눈이 마주쳤다. 도무지 상황에 맞지 않는 질문이었다. 대답을 듣고자 하는 그녀의 말은 늘 내부의 어딘가를 날카롭게 건드렸다.

만나지 마. 절대. 그런 사람은 힘들어.

그녀의 한숨 사이로 들려왔다. 나는 운전대를 꼭 잡고 신호등을 바라봤다. 멈춤을 알리는 불빛이 불안정하게 점멸하고 있었다.

똥주머니 찬 사람 말은 귀담아들어. 알겠니?

말의 마디마디가 예리한 날을 세우고 다가와 살갗에 닿았다. 대체 이런 말과 말투는 어떤 마음에서 비롯되었을까. 맥락 없이 향하는 날에 살이 베이고 있었다. 그녀는 내가 처음으로 만난 그를 말하는 거였다.

그의 오른쪽 팔은 구부러진 채 굳어 있었다. 어릴 때 팔이 부러졌는데 깁스를 잘못해서 그런지 직각으로 굳어버린 팔은 곧게 펴지지 않았다. 방향 표시처럼 항상 무언가를 가리키는 모습이었다. 걷거나 뛸 때는 물론이고 물건을 들거나 책상에 앉아 공부하고 잠을 잘 때마저도. 그가 줄곧 어딘가를 가리키며 걷는 모습을 보면 나는 기억할 수도 없는 누군가 떠올랐다.

도서관에서 그의 집으로, 강의실에서 그가 가는 호프집으로 그를 따라다녔다. 오른쪽으로 기운 등과 어깨를 바라보면서. 그의 곱슬머리는 가닥가닥 바람이 향하는 곳으로 모였다. 어느 날 도서관에 갔을 때 나는 그의 옆자리에 앉았다. 반듯하게 의자를 끌어당겨 앉은 그의 비스듬한 자세에 눈길이 머무는 순간마다 나는 고개를 돌리고 책장을 넘겼다. 그가 책상 위에 팔을 걸치고 글을 쓰는 동안은 구부러진 팔꿈치를 의식할 수 없었다. 조심스럽게 의자를 뒤로 밀고 그가 일어났을 때 비로소 나의 시야에 들어왔다. 그의 오른팔이 어깨에서부터 흔들리며 어딘가를 가리키고 있었다.

그가 자리를 비운 사이 나는 그의 노트를 조심스럽게 펼쳤다.

생존법칙이라는 제목의 글이 적혀 있었다. 죽음의 공포와 치명적인 폭력에 심적 외상을 받은 생존자에 관한 내용으로 그들이 어떻게 살아남았는지가 아니라 어떻게 살아가고 있는지를 다루고 있는 듯했다. 비슷한 상황과 유사한 장소 혹은 사물을 마주했을 때 그들이 되풀이하며 경험하게 되는 두려움과 그에 따르는 증상이 사례별로 정리되어 있었다. 기절하거나 마비가 되고 과민반응을 보이기도 했으나 그들 모두 같은 증세가 있었다. 신체적, 정신적인 외상으로 이미 손상된 감각은 죽음을 겪는 것과 같은 파멸을 예감한다는 것이었다. 글의 말미에는 '그것은 심리적 고통을 회피하기 위한 차단이었다.'라고 쓰여 있었다.

리포트를 제출하기 위해 작성한 것인지 논문 자료였는지는 모르겠으나 생물학을 전공하는 그로서 충분히 관심을 가질 만한 내용이었다. 나는 그가 궁금했다. 새벽에 일어나 우두커니 앉아 어둠의 색을 바꿔보려 한 적이 있는지, 움직이지 않으면 느낄 수 없는 것에 안도하며 그래도 이만해서 다행이라고 중얼거리기도 하는지. 그가 가리키는 방향 표시를 바라보며 도서실에서 구내식당으로, 강의실에서 그의 집으로 그를 쫓아다녔다.

그의 어깨는 나와 같은 이에게 가까이 기울이기 위한 경사였고 그의 팔은 누군가에게 닿기 위해서는 구부러진 그만큼 가까이 다가가 팔을 뻗어야 한다는 것을 말하고 있는 것 같았다. 손상을 피하려고 애쓰는 누군가를 막연히 떠올렸을까. 노트에 적어 내려가던 그와 대화를 나누기라도 한 것처럼 나는 그가 말하는 모습을 기억할 수 있었다. 글을 써 내려가던 그를 내 머릿속에 간직한 채 듣지 못한 그의 목소리를 연상하곤 했다.

따뜻한 거 마실래요? 가을바람이 몹시 불던 어느 날, 어둑해지는 교정 앞에서 그가 말을 걸었다. 그의 팔이 나를 가리키고 있었다. 입가에 살며시 미소 짓고 있는 그의 목소리는 소년의 성대를 유지하고 있는 듯 약간 허스키했다. 나는 그를 향해 고개를 끄덕였다. 새벽녘 공연하게 잠이 깬 날이었다.

왜 이렇게 밀려. 밥은 먹고 나왔니? 학원엔 언제까지 들어가야 해? 그를 떠올리는 사이 이모는 끊임없이 묻고 있었다.

괜찮아.

쉬지 않는 물음에 짧게 대답하고 직진 신호로 바뀌려는 신호를 기다렸다. 사실 어제부로 나는 실업자였다. 그만두는 학생이 많다며 실력 운운하는 학원 원장 앞에서 제대로 얼굴을 들지 못했다. 중학생들의 담임을 맡고 있던 나는 책임에 앞서는, 알 수 없는 무안함에 사표를 냈다. 학원 경쟁력이 떨어져서 그런 거라든가 수강시간이나 교재가 바뀌어야 한다고 변명이라도 하고 싶었지만, 입은 열리지 않았다.

여기서 병원이 더 가깝나?

좀 전과는 달리 탁하게 갈라진 이모의 목소리가 들렸다.

많이 불편해?

대답 대신 눈만 감았다가 뜰 뿐이다. 그녀는 가끔 찾아오는 복통과 피부에 생기는 염증으로 병원에서 치료를 받기도 했다. 직진 신호가 켜지고 차를 출발했다. 집으로 가던 길을 멈추고 병원 방향으로 차선을 옮겼다. 많은 차 중 몇 대 지나지 못하고 신호가 또다시 바뀌었다. 앞차들이 진행하지 않아 사거리 한가운데서 차를 세웠다. 옆으로 다른 차선의 차들이 들이박을 기세로 밀려오고 있었다. 여기저기서 들리는 경적에 귀가 얼얼했다. 어딘가 시큰거리는지 잇새로 숨을 들이마시며 이모는 차의 무리와 나를 불안한 시선으로 보았다. 차 안에 고인 공기가 답답했으나 창문은 열지 않았다.

넌 들어오지 마.

장루 주머니를 받아 화장실을 다녀온 그녀가 협박 비슷한 당부를 했다. 기다리는 동안 세 번 거울을 꺼내 들여다보던 이모는 이름을 부르는 간호사의 목소리가 들리자 진찰실로 들어갔다.

병원 복도는 늦은 오후 진료를 기다리는 환자들과 보호자들로 만원이었다. 대기실 의자에 할머니 두 분이 앉아 있었다.

나는 만날 배가 고파.

한 할머니가 말했다.

나는 만날 졸려 미쳐.

다른 할머니가 눈을 비비며 말하고는 하품을 했다.

말기였는데 이 선생님께 수술받았어요.

의자 옆에는 머리에 벙거지를 쓴 아주머니가 자신의 병치레를 진지하게 얘기하고 있었다. 귀를 기울여보아도 사람들의 목소리에 섞여 잘 들리지 않는다. 병원 복도는 무겁게 고여 있는 소음들로 먹먹했다.

다리를 올리세요.

진찰실 문을 열자 커튼 너머에서 의사의 목소리가 들렸다.

네.

이모는 공손하게 대답했다.

이렇게 가슴 쪽으로 끌어당기세요.

네.

의사는 친절하게 말했고 그녀는 매번 대답했다. 비닐 부스럭 거리는 소리와 함께 신음이 나지막하게 들렸다. 누군가에게 자신의 상처를 맡기는 일은 쉽지 않다는 기억을 떠올리는 사람이 되어 그녀의 마음을 짐작했다. 이미 여러 번에 걸친 진료와 수술 그리고 치료였지만, 익숙하지 않았다.

　기능을 잃어버린 항문과 인공항문. 항문이 두 개인 이모는 병원에 올 때면 다른 날보다 오래오래 화장을 했다. 꼼꼼히 바른 색조에 피부색은 한없이 밝고 화사했으나 그래서 지워진 눈매는 뒤돌아서서 우는 듯이 보였다. 몇 번의 신음이 더 나고 나서야 커튼이 열렸다. 나이 지긋한 의사가 잠시 내게 눈길을 주었고 나는 머리를 숙여 고개를 돌렸다. 열린 커튼 사이로 옷을 추스르는 이모가 보였다.

　화장하고 나가다가 탁 주저앉고 싶을 때가 있어. 언젠가 그녀가 말했다. 너무 늙어서. 왜냐고 묻기도 전에 그녀는 고백했다. 젊은 시절 미인대회의 출전을 권유받을 만큼 이모는 예뻤다. 나이가 들면 늙는다는 것에 의미를 두지 않겠지. 그녀의 주름과 하얗게 센 머리를 마주하게 되었을 때 나는 생각했다. 시간의 고비마다 견고한 무엇이 생겨나고 그 안엔 살아가고자 하게 하는 모진 즐거움이나 활력이 존재할 거라고. 그러나 그녀는 그렇지 않아 보였다. 너무 늙어서 주저앉고 싶을 때가 있다던 이모는 그때보다 더 맥을 잃은 얼굴이었다. 허공 어딘가에 눈길을 두고 쪼글쪼글 흘러내린 배를 바지 안에 구겨 넣고는 손가락을 빗 삼아 머리를 빗었다. 나와 눈이 마주치자 어이없다는 표정을 짓고는 몸을 곧추세우고 일어나 침대 아래 놓여 있는 신발을 신었다.

　아직 불편하시죠?

　의사는 진료카드에 무언가를 기록하며 물었다.

　그럼요.

　어울리지 않는 옷을 걸친 모양으로 이모는 옷자락을 끌어 내리고는 소맷자락의 보푸라기를 떼어냈다. 그녀의 앙상한 어깨 위에 머리카락 한 올 삐죽이 붙어 있다. 머리카락을 떼려 손을 뻗었는데 나의 손이 닿기 전에 이모가 자신의 어깨를 탁탁 털었다. 그러고는 손에 쥐고 있던 휴지를 펼쳐 눈가를 찍었다. 이모 말대로 밖에서 기다릴 걸 그랬나, 하는 후회가 들었다. 나는 조용히 진찰실 밖으로 나왔다. 복도 의자에는 할머니 두 분이 아직 앉아 있었다. 한 할머니는 우걱우걱 빵을 먹고 있고 다른 할머니는 꾸벅꾸벅 졸고 있었다. 벙거지를 쓴 아주머니는 남편으로 보이는 남자의 부축을 받으며 진료실로 들어갔다.

　이럴 때 남편이라도 있으면 얼마나 좋아.

　진료실에서 나온 이모가 천천히 의자에 앉았다. 진하게 칠한 붉은 립스틱이 그녀의 입술 주름 사이로 번져 여러 가닥의 창상처럼 보였다. 내가 팔을 뻗어 이모의 윗입술 주위를 손가락으로 문지르자 그녀는 못마땅해하며 고개를 흔들었다.

아니다. 없는 게 천만다행이야. 이 꼴을 어떻게 보여주겠니.

그녀는 손에 쥐고 있던 휴지를 펼치려다 그냥 움켜쥐었다.

장루 주머니를 옆구리에 달고 정신을 잃어가며 잠이 드는 그 곁에 누군가 함께 잠이 든다면…… 나는 번번이 생각하다 그만 두었다. 의당 있어야 할 사람이 그녀에겐 없었다. 이모는 미혼모였고 그 사실을 부정하지는 않았으나 버려진 게 아니라 어쩔 수 없는 상황이었다고 했다. 분명한 건 무척 사랑받는 여자였다고, 목숨마저 두렵지 않은 사랑이었다며 감상에 젖은 눈으로 말하곤 했다. 그리고 무언가를 떠올리며 행복해했다. 결코, 지키지 못할 것을 약속하고 다짐한, 이를테면 평생 너를 사랑할 거라는 말을 듣던 순간. 누군가의 평생은 너무 짧았고 그래서 그녀가 말하는 어쩔 수 없는 상황은 틀린 말이 아니었으나 왠지 석연치 않았다. 이모는 그가 죽었다고 표현했다. 어쩌면 그녀를 사랑하던 누군가의 사랑이 죽었다는 말일지도 몰랐다. 원망하는 일에 지쳐 보이는 그녀를 이모라 부르며 나는 그녀가 사랑하던 그를 기억하지 못했다.

턱을 괴고 고적하게 앉아 있는 이모의 주위가 어둑하다. 날이 어두워지고 있었다. 하늘은 몰려드는 어둠을 천천히 흡수하고 있는 듯 보였다. 한결같은 세상을 위해 그저 물들고 있는지도 모른다. 누구에게 여전한 세상일까. 사는 일과 죽는 일의 경중을 헤아릴 수는 없지만, 그 또한 세상을 위한 자연의 일일까. 나는 잠시 의문을 품는다. 아름다운 자연에 감사한다던 그녀가 눈을 감고 차창에 머리를 기대고 있다. 주위의 어둠을 모르는 척, 아니면 마지못해 견디고 있는 것인지 모른다는 생각이 들자 따져 묻고 싶었다. 그녀가 마주하는 자연은 미래에 대한 계획이 있기나 한 건지. 계획은 둘째 치고 따뜻한 햇볕을 받으며 상쾌한 바람을 들이마시며 감사하다고 느끼는 사람들의 세상을 염려하고는 있는지.

아까 그 여자. 머리에 벙거지 쓴.

뒷자리에서 몸을 앞으로 기울이며 이모가 말했다.

그 여자도 장루 주머니가 있겠지?

심각한 표정이었고 단정하는 투였다. 나는 대꾸하지 않았다.

그렇겠지. 나보다 더 힘들어 보이던데. 그 여자는 항암 치료도 받는다더라.

도로는 여전히 주차장처럼 차들이 늘어서 있었다. 방향을 바꾸려는 차 한 대가 꿈쩍하지 않는 차들 사이에 끼어 있었다. 가까스로 하나둘 빠지는 옆 차선으로 차 머리를 들이밀었다. 그 상태로 움직이지 못하고 두 개의 차선 위에 걸쳐 있었는데 사이드 미러로 보니 못 나가고 있는 뒤차 운전자가 얼굴을 붉히며 나에게 손가락질을 하고 있었다.

요즘 변종이 많대. 그게 무슨 뜻인 줄 아니?

등받이에 허리를 기대고 어둑해진 창밖을 바라보며 내게 물었다. 차들은 기어가듯 앞으로 나아갔다.

응?

뜬금없는 질문에 나는 건성으로 대꾸했다.

이골이 나는 거야. 살아가려면 좀 우스워져야 하나 봐.

혼잣말처럼 중얼거리다 그녀가 조금 웃었다.

날 봐.

룸미러에 비친 이모의 모습이 낯설었다. 살아가느라 우스워지고 있는 걸까. 그녀의 눈길이 창밖을 향해 머물다 무언가 떠오른 얼굴로 나를 바라보았다.

너는 좀 현실감각이 필요해.

딱하고 안됐다는 투의 말이 대답할 시간을 주는 물음이 아닌 것만으로 나는 안도했다. 그녀의 말은 어김없는 세상 안에서 방향 없이 무연하게 흔드는 손짓 같았다. 나는 한 손으로 핸들을 잡고 다른 쪽 손을 펼쳐 바지에 문질렀다. 셔츠 자락과 손바닥이 축축하게 젖어 있었다. 그렇게 비정상적인 똥주머니를 옆구리에 차고도 현실감각이란 단어를 떠올리는 그녀를 이해할 수 없었다.

너 혹시, 그 사람과 잤니?

눈을 가늘게 뜨고는 그녀가 미간 사이에 힘을 주었다. 대답을 기다리기 위한 질문은 아닐 터였다. 나는 앞에서 얼쩡거리는 차를 향해 신경질적으로 경적을 울렸다.

세상에.

입속의 이물질을 내뱉듯이 이모가 숨을 몰아쉬었다.

어둠이 유난한 언젠가 나는 길을 잃어버렸다. 사람들의 분노에 어리둥절한 동물처럼 구석으로 도망치다 기다란 손에 붙잡혔다. 소리를 내지 못하도록 입은 틀어 막힌 채였고 손과 발, 모든 게 마음대로 움직여지지 않았다. 키가 큰 검은 그림자 아래에서 사방의 단단한 벽에 끊임없이 부딪혔다. 무슨 일이 일어나고 있는지 제대로 알지 못했지만, 고통이 커갈수록 달려드는 두려움에 의식을 잃었다. 이모를 잘 알고 있다는 그 사람은 열 살인 나에게 몹시도 무례했다. 그러나 그녀가 알지 못하도록 나는 울지 않았다. 그 후, 매일같이 잠만 잤다. 아침인지 저녁인지 분간할 수 없었고 그녀가 곁에 있는지 외출을 다녀왔는지 알지 못했다. 잠을 깨고 멍한 눈으로 바라보자 이모는 바닥 장판에 초록색 테이프를 빼곡하게 뜯어 붙이고는 화장하는 것에 골몰하고 있었다. 그뿐이었다. 장판 자락의 틈은 보이지 않았으나 난데없는 색의 더께가 앉은 것처럼 보였다.

오직 이 기운으로 살아. 이모가 줄곧 하던 말이었다. 밥을 먹고 변을 참고 술을 마시고 변을 참는 날의 연속이었다. 나와 함께 아침을 맞는 하루하루 우울한 기색이었다가도 금세 씩씩해져서는 집안을 쿵쾅거리며 다녔다. 다른 기운은 있을 수도, 있어서도 안 된다는 식으로 자신에게 명령하는 투였고 스스로 괴롭히지 않고는 살아갈 수 없다는 다짐으로 온종일 지냈다. 그 기운을 몸에 가둔 채 그녀는 방향을 잃고 느려진 걸음으로 드세고 사나워졌다. 이따금 그녀의 몸이 이쪽으로 저쪽으로 휘어지며 서글프게 울었고 그럴 때마다 나는 옆구리에 달린 배변 주머니를 가만가만 만졌다.

산발적인 경적이 들린다. 좌회전 신호가 켜졌어도 움직이지 않는 차를 향해 사람들이 재촉하고 있었다. 집으로 가는 길이 아직 멀게 느껴진다. 외곽으로 나가는 진입로에 이르자 가는 빗줄기가 내린다. 희미한 불빛을 겨우 매달고 줄지은 가로등 사이로 보이는 아파트는 달랑 두 동뿐인 데다 미분양이 많아 가는 길에 차들은 많지 않았다.

계속 만날 거 아니지?

앞에서 차 한 대가 오고 있었다. 핸들을 잡은 손의 힘을 놓는다면, 하고 나는 생각했고 조바심이 고여 드는 가슴을 잠시 들썩였다. 내게 묻고 깜깜한 창밖을 응시하는 이모의 옆모습이 룸미러에 보였다. 맞은편 차선으로 방금 지나간 차의 불빛으로 그녀의 얼굴이 환해졌다가 다시 어두워졌다.

어딘가를 향한 그의 구부러진 팔에 팔짱을 끼고 누군가를 원망하지 않느냐고 물은 적이 있었다. 그는 곱슬머리를 뒤로 넘기며 고개를 가로저었다. 그와 나는 함께 공부하고 마주 앉아 밥을 먹었다. 나는 그에게 부탁했다. 내가 먹던 밥을 먹어보라고 했다. 맛있는 음식은 물론이고 짜고 싱겁고 눈물 나게 매운 것들을. 내가 신고 있는 신발을 신어보라고 했다. 운동화는 물론이고 뾰족한 하이힐까지도. 들고 있는 가방을 들어보라고 했으며 내가 읽는 책을 읽어야 하고 영화를 같이 보아야 한다고 말했다.

내가 하는 것은 뭐든 그와 함께하고 싶었다고 말할 수는 없다. 그에게 어긋나 있는 나의 시선을 마주할 수 있는지, 만약 그렇다면 어그러져 보이는 사물에 대해 위험하지 않은 말로 내게 표현해주기를 쉼 없이 바랐다. 강요한 것이나 다름없었다. 내가 느끼는 무게에 관해 표현할 수 있다면 그가 나를 이해할 수 있을 거라고 생각했고 나조차도 알 수 없는 내 감정의 줄기를 이따금 끊어주기도 하리라 예감했다.

슬퍼.

가슴에 그의 입술이 닿았을 때 말했다. 한 손으로 셔츠 자락의 단추를 잠그며 다른 손으로는 그의 손을 꼭 잡았다. 그리고 나는 말을 많이 했고 많이 웃었다. 그는 그런 나를 처음 보는 사람처럼 바라봤다. 어쩌면 그의 노트에 적힌, 살아남기 위해 자신을 차단했던 생존자로 보았을지도 모르겠다. 손상이나 파멸을 피하고자 바보가 된 생존자.

슬퍼.

다음에 또다시 말하자 그는 어색한 표정을 지었다. 그의 오른팔이 나를 향할 때마다 묻곤 했다. 무언가를 감당하고 있는 사람을 본 적이 있다면 그 모습이 자신과 닮았다는 생각에 안도했는지, 낯선 무엇에 비유할 만큼 생경하고 불편한 경험이었는지를. 그는 곤란한 질문을 받은 사람처럼 조심스럽게 입을 닫았다.

왜 슬픈 걸까.

그가 조용히 말하고는 셔츠 자락을 만지고 있던 나의 손을 잡았다. 조금은 안심하며 고마운 마음이 들었는데, 그 이후 우리는 모든 것을 망설였다. 그리고 이별을 얘기했다. 나의 행동에 대해 무슨 변명이라도 해야 했지만, 나조차도 알 수 없었다. 어떤 이해를 구하고자 함이었을까. 누군가를 이해하자면 필경 문제가 있어야 하니 나는 끊임없이 문제를 만들었는지 모른다.

그의 구부러진 팔꿈치에 마지막이 될지 모르는 팔짱을 꼈다. 원래 팔짱을 끼도록 된 것처럼 나의 손이 쏙 들어갔다. 잘 지내,

라고 말하며 그의 옆얼굴을 잠시 바라보다 돌아섰다. 그와 헤어지는 것이 무서웠지만, 그가 어떤 흔적을 바라보며 생존자의 법칙을 떠올리게 될 순간이 더 두려웠다.

입고 있는 블라우스 자락이 축축하다. 새고 있었던 걸까. 밀폐된 주머니가 쉽게 새는 건 아니었다. 그러고 보니 오늘 장루 주머니를 준비하지 않았다. 이모에게 나의 옆구리에도 달린 배변 주머니 얘기를 꺼내려다 그만두었다. 가슴이 뛰기 시작했다. 외면하지 못하고 대면하지도 못한 채 고개만 흔들 뿐인 나에 관해 말할 수 있을까. 그녀에겐 이미 흔적 없는 시간이었고 그 세월은 나를 지키려는 마음만큼 희미해져 있을 게 분명했다.

널 위해서 하는 말이야.

이모가 말했다. 제발. 중얼거림이 가슴 안에서 부딪히고 부딪혔다. 나는 겨우 말을 꺼냈다.

듣고 싶지 않아. 그만해.

그런 사람은 말이야.

무언가를 설명하려는 그녀의 목소리에 잠시 머리가 흔들리며 어지러움이 느껴졌다. 나도 모르는 사이 목구멍에 걸려 있던 소리가 튀어나왔다.

그런 사람이 어떤 사람인데?

곧게 펴지지 않는다며.

걱정하지 마. 안 만나. 아니 못 만나. 내 옆구리에 주머니가 달려 있으니까.

이모가 나의 등 가까이 몸을 기울여 다가왔다. 커브 길에 설치된 가드레일에 라이트가 비쳤다. 나는 잠시 눈이 부셨고 심장이 떨렸다.

무슨 말이야?

도대체 무슨 말인지 알아듣지 못하겠다는 투였다.

내 몸에도 배변 주머니가 달려 있다고. 모르겠어?

이상한 소리라도 들은 것처럼 이모는 잠시 입을 다물지 않았다. 과거의 어느 시간에 매듭이 생긴 거라면 그건 분명 그녀의 살아내기일 것이다. 설령 그러한 차단을 나와 함께하지는 못했다 하더라도.

그럴 리 없어.

그녀가 말했다. 뒷걸음질 친 나의 시간을 감당하지 못하고 두려움에 떨고 있는 것 같았다. 장루 주머니를 요구하며 피켓을 들었던 이모는 어디에도 없었다. 그늘 안에 얼굴을 밀어 넣고 쭈그리고 앉아 있던 모습만 남아 있었다. 나는 입안이 서걱거리고 목구멍으로 뜨거운 것이 올라와 더는 아무런 말도 할 수 없었다. 아파트의 표지가 보이고 진입로까지는 마무리되지 않은 비포장길로 이어졌다. 분양을 시작하기 전부터 도로공사를 하고 있었지만, 아직 끝나지 않은 모양이었다. 부연 흙먼지를 안고 차가 덜컹거렸다. 다행히 내리막길로 이어지는 길은 부분적으로 아스팔트가 깔려 있다.

아니야. 절대 아니야. 그건…….

무언가 떠오른 것일까. 고백이라도 하려는 사람처럼 그녀는 말을 잇지 못했다. 아스팔트를 깔다 만 적재물들이 내리막길 도로 옆에 쌓여 있었다. 그것들을 비켜 중앙선을 밟고 지나갔다. 미끄러지며 차는 속도가 붙었다. 제 모습을 상실해도 조바심내지 않고 살아가는 삶을 장애라 할 수 있을까. 오히려 그건 장애라 할 수 없었다. 이미 달린 똥주머니는 문제가 되지 않았다. 다만, 터져 나오지 않으면 되는 거였다.

미끄러지는 차의 브레이크를 밟았다. 순간 차가 비틀거렸다. 세게 밟은 것도 아닌데 차가 한 바퀴 두 바퀴를 돌더니 그대로 미끄러졌다. 차의 방향을 바꾸려 했지만 이미 굴러 내려가고 있었다. 어. 그녀의 외마디 소리가 불안했다. 적재물을 들이박고 가드레일을 들이박고 대책 없이 어둠 속 허방으로 떠올랐다. 도로 아래는 경사가 깊은 수로였다.

누군가의 목소리가 들린다. 수중에서 들리는 소리처럼 무겁고 느리게 울렸다.

아니야…….

차 밖으로 끌려 나온 듯도 하고 차 안에서 버려진 듯도 했다. 이모는 바닥에 누워 있는 나를 흔들어 깨우다 갑작스럽게 입을 벌려 숨을 불어 넣었다. 그녀의 뜨거운 숨은 서럽게 울고 있었다. 두 손을 겹쳐 잡고 내 가슴을 힘껏 누르기 시작했다. 단단한 손이 느껴졌다. 언제 배워두었을까. 흐린 의식 속에서 그런 생각이 들었다. 한 번, 두 번, 세 번, 네 번, 다섯 번, 여섯 번……. 얕고 빠른 숨을 몰아쉬며 가슴을 계속 눌렀다. 그녀는 온 힘을 다하고 있고 나의 눈과 입, 귀와 코에서는 울컥울컥 비릿한 게 흘러나오고 있었다.

이제 그만해.

가슴을 압박할 때마다 부러진 갈비뼈가 심장을 찌르고 있었다. 열려 있는 모든 구멍에서 쉴 새 없이 무언가를 토해내고 있었는데 그게 뭘까, 그녀의 바람을 저버리고 있는 것만 같았다. 밤하늘을 향한 나의 시야에 하늘 가장자리를 둘러싸고 있는 나뭇잎이 밀려들었다. 이모의 숨소리에 잎사귀들이 흔들렸다. 그녀의 바람은 나의 살아내기가 아니라 내 기억의 죽음일지도 모른다. 그렇게 생각하니 고요한 편안함이 느껴졌다. 점점 희미하고 가마득한 의식 속에서 마음이 놓였다.

아니야. 넌 아니야. 제발 날 슬프게 하지 마. 그건 나만의 일이잖아. 그녀가 하려던 말을 듣지 않은 것이 다행이었다. 어디선가 구급차의 사이렌 소리가 요란하다. 이곳으로 와줄 수 있겠니? 생의 이면에서 그녀의 목소리가 들린다. 그러나 이번엔 배려하지 않았다. 이곳으로 와. 그 말이 나의 입에 머물렀다. 그녀는 하염없이 최선을 다하고 있고 나의 몸피는 연해지고 있었으므로 부러진 갈비뼈가 힘껏 심장을 찌르고 있었지만, 느낄 수 없다. 그저 그의 노트를 펼치고 반듯하게 써진 문장을 바라보고 있다. 어쩌면 죽음을 겪고 있는 것인지 모른다. 회복 가능한 죽음을. 집으로 가는 길은 얼마 남지 않았다. 나뭇잎 사이로 밤하늘이 강처럼 흘렀다.

유품

여러 장의 광고지가 붙은 철문을 열자 현관에 슬리퍼 한 켤레가 보였다. 들어서기 전, 나는 목장갑 낀 손을 두어 번 마주쳤다. 둔탁한 소리의 선명함이 가라앉은 공기를 가르고 고여 있는 먼지를 불러냈다. 적연한 가운데 무언가 잘못된 것처럼 느껴졌으나 그것은 순전히 나만의 절차였다. 타인의 손길을 원할 리 없으나 마지못해 맡겨야 하는 것들에 대한 예의이며 인사였다. 시작하렵니다. 유족은 수거와 정리 그리고 청소와 소독을 의뢰했다.

여러 날이 지난 후의 발견은 이웃의 신고도 아니었으며 더구나 자식들의 진술도 아니었다. 독거노인을 찾아다니는 봉사자에 의해서였다. 영하의 기온으로 퇴적된 지층이 얼어붙은 날이었다. 검은빛의 창백한 몸을 몇 날 며칠이고 떼지 않고 있을 수 있는지 의문이 들 정도로 고인은 소파에 고요히 앉아 있었고 바닥엔 한 입 베어 문 자국이 남아 있는 토마토가 뭉그러져 있었다. 삶의 마지막에 들고 있던 그것은 형체를 잃고 색을 잃고도 자신을 알리고 있었다. 그 언저리에는 냄새에 이끌려 들러붙었던 파리가 굳은 채 메말라 있었다. 사망한 지 일주일 정도라고 추측한 고인의 상태는 그나마 깨끗했으며 시취도 견딜 만했다. 그런 점에서 보면 겨울은 다른 계절보다 인간의 존엄성을 지탱해주는 듯했다.

인기척 없는 어둠을 비집고 희부연 빛줄기가 거실 바닥에 온몸을 붙이고 있다. 부유하는 빛의 편린 사이로 먼지가 꿈틀거렸다. 잔뜩 부풀다가 일렁인다. 운동화를 신은 채 거실의 마룻바닥을 디디는 순간 귀가 얼얼해짐을 느꼈다. 감청되지 않는 수런거림이 끊임없이 귓전에 닿았다.

서둘러주세요.

시신을 옮기고 나자마자 유족들은 재촉했다. 홀로 살다 떠난 고독사였으므로, 그 흔적 또한 하루라도 빨리, 깨끗하게 지울 수 있을 만큼 복잡하지 않다는 의미였다. 연고가 없는 무연사에 비하면 그래도 괜찮은 요구사항이었다.

유품정리사. 유족을 대신하여 고인의 물건과 집 정리를 하는 전문직이라고는 하나, 누군가의 마지막 자리를 함부로 들어내는 일은 매번 익숙하지 않았다. 가만히 놓여 있는 유품은 추억을 내보이지 않았고 해석할 여지를 주지 않았다. 게다가 유족들은 여유가 없었다. 인감이나 통장 따위만을 거론하는 유족도 있었고 사진첩과 보험증권 같은 것을 챙기는 이도 있었다. 모든 정리가 끝난 후에야 잊었던 무언가를 찾아달라고 주문하는 경우도 적지 않았다. 수거하는 과정에서 버려야 하는 것과 남겨야 하는 것을 구분하는 일은 쉽지 않았는데 이번에 의뢰한 유족은 그마저도, 원하는 물건이 아무것도 없었다. 수령인이 없는 유품은 분별작업이 필요 없게 된 물건이었다.

한복판에 우두커니 놓여 있는 일인용 소파와 그 맞은편의 두껍고 검은 텔레비전. 누런 벽에는 인물사진 몇 개가 걸려 있고 그 옆으로 숫자가 큼직한 달력이 삐딱하니 붙어 있다. 어떤 날짜 위엔 사인펜으로 쓴 짧은 메모가 있기도 했다. 어딘가에 붙잡힌 채 다른 시간을 가리키고 있는 동그란 시계는 처음 본 누군가의 얼굴 같았다. 정지해 있던 시계의 초침이 몇 번 움직이고는 다시 고요했다. 필사적인 움직임처럼 보였으나 아주 잠시였다.

검은 텔레비전 화면에 나의 그림자가 어른거린다. 잿빛 덩어리가 서성이다 흔들리고 있다. 수많은 시선이 나를 바라보는 듯 여겨져 나는 머리를 가로저었다. 오늘도 다른 날과 다름없이 모든 사물과 생경하게 만났으나 그 낯섦은 또다시 나의 기억 속으로 방향을 잡으려 하고 있다. 익숙한 걸음이고 오래된 보법이었으나 나는 원한 적이 없었다. 흔들리는 그 바람에 현기증이 일고 속이 메슥거린다. 목구멍을 타고 넘어온 신물을 겨우 삼키는 사이 아랫배가 울렁거린다. 모처럼의 움직임이 오랫동안 느껴진다. 다섯 달이 넘어가면서 태동을 느끼기 시작했다. 여자인 내가 유품정리사를 하려 한다고 했을 때 어머니는 반대했다. 나의 선택은 매우 부적절하며 그러므로 몹시 끔찍한 일이 될 거라고 했다. 나를 바라보는 어머니의 눈길은 초조했으나 나는 동요하지 않았다. 내게서 시선을 거두고 어머니는 괘종시계를 바라봤다. 집 안에서 반복적이고 규칙적으로 소리를 내는 유일한 물건이었다. 어머니를 본 지 아홉 달이 지나고 있었다.

시계하고 대화해. 소리가 거슬리긴 하지만 가끔은 친구 같아.
언젠가 어머니가 말했다. 또 그렇게 머물고 있는 어머니의 눈길을 좇아 나는 벽에 붙어 있는 시계를 바라봤다. 누런 시계판 위에 초침은 보이지 않았다. 불균형하게 커다란 시계의 추가 좌우로 오락가락하고 있었다. 그러다 어느 순간 붙박여 있던 두 개의 바늘이 겨우 움직임을 보였다.
그뿐인 줄 알아? 사진 보면서도 얘기하고 냄비하고도 얘기해.

밥과 반찬들을 담은 냄비 안에 달랑 수저 하나 꽂아 텔레비전 앞에서 먹고 있던 어머니는 뭐가 웃긴지 냄비에 냄, 자를 발음하는 것과 동시에 몸을 뒤떨며 웃었다.

무슨 얘길 하세요?

내가 묻자 흐느적거리는 몸으로 냄비를 붙잡고 수저 한가득 밥을 담아 입에 넣었다.

그날 있었던 일. 다음 날 해야 할 일.

내가 온 것이 반가운 탓이었을까. 입에서 튀어나온 밥풀을 연신 주워 입으로 가져가면서도 말하기에 바빴다.

화가 나는 일도 얘기하고 슬펐던 기억도 얘기해. 우습지.

어머니는 주방으로 걸어가 수저를 꺼내 개수대 속에 넣고는 밥이 남아 있는 냄비의 뚜껑을 닫았다. 어머니의 머리 위 형광등이 계속 깜박거렸다. 거실 한쪽에는 다양한 책들이 탑처럼 쌓여 있고 바닥엔 색색의 소쿠리가 죽 늘어져 있다. 그 위에 말라가는 것들이 죽은 벌레처럼 쪼그라들어 있었다. 나물도 있고 버섯도 있었는데 그중에는 모양으로만 봐서는 지네나 귀뚜라미라고 확신할 만큼 이상하게 말라가는 것도 있었다. 주전자에 물을 받으며 어머니는 나를 바라보려고 목을 길게 늘였다.

거긴 살 만해?

내 앞에 내려놓은 머그잔 안에 꿀물이 찰랑거렸다. 김이 모락 모락 났다. 어머니의 집에서 분가하여 혼자 시내로 옮긴 지 이 년이 넘어가고 있었다.

교통편이 좋으니까. 뭐.

나의 대답이 끝나기도 전에 어머니는 물을 머금은 입안에 약 몇 알을 넣고 삼켰다.

노인네, 생긴 건 멀쩡해가지고.

소맷자락으로 입가를 훔치고 어머니는 다시 물을 마셨다.

어디 아파요?

인생이 별 게 아니야. 하루하루 즐기면서 살다 가야지. 하긴, 너무 늙어서 즐길 만하진 않아.

식탁 위에 물컵을 소리 나게 내려놓고 어머니는 잠깐 사타구 니를 긁었다. 나는 꿀물을 조금 마셨다. 목뿐만 아니라 머리까지 뜨거워졌다. 뿌옇게 흐려진 안경으로 어머니의 표정은 잘 보이 지 않았다.

싫지? 하지만 넌 나한테 화낼 자격 없다. 아직 모르니까.

그 작년, 고희를 넘긴 어머니가 어깨 사이로 목을 움츠렸다. 탄력 잃은 얼굴에 패인 주름은 오히려 기운을 북돋우고 있었다.

다른 욕망 같은 거야. 죽음이 너무 가까이 있으니까.

어머니가 싸준 무말랭이를 들고 현관문을 나섰다. 나는 서둘 러 밖의 공기를 쐬고 싶었으나 현관문에 묻어 있는 얼룩을 손가락으로 닦고 있었다.

자주 와.

등 뒤에서 어머니의 목소리가 들렸다. 나직한 물음처럼 끝을
올린 후 한 마디를 덧붙였다.

아직도 그 일 하니?

나, 멀리 가요.

대답 대신 말하고 현관문을 열었다. 밖을 향해 걸음을 내딛고
는 문을 등진 채 닫았다. 그날 이후 나는 어머니를 보러 가지 않
았다.

둘째 생일. 숫자 하나가 파란색의 둥그런 테두리에 감싸여 있
다. 달력 속의 그날 이외 다른 날은 눈에 띄지 않았다. 죽음도 유
예할 수 있을 듯한 기다림이 묻어있었지만, 그날은 오지 않았고
누군가는 이미 살고 있지 않았다. 두껍고 검은 텔레비전 아래에
는 궤처럼 생긴 나무 장(欌)이 놓여 있었다. 주방으로 향하는 쪽
으로 방문이 보였다. 냉기 가득한 침침한 방은 텅 빈 것 같았다.
사람이 살아가는 데 그다지 많은 것이 필요해 보이지 않는다. 여
덟 자 장롱 하나와 그 옆에 나무 옷걸이가 둥글고 짧은 가지를
뻗고 있다. 걸려 있는 옷가지들이 색 바래지 않도록 커튼은 빈틈
없이 쳐져 있었다. 창문으로 다가가 단풍 색깔의 커튼을 열어젖

혔다. 답답하도록 뿌연 빛이 유리창 안에 고여 있다. 문의 쓰임새를 잊은 것처럼 창문이 뻑뻑하게 열렸다. 차가운 공기가 방안으로 스며들고 나는 그제야 숨을 크게 내뱉었다. 한겨울의 숨결이 코안으로 아리게 들어찼다.

어때? 짐이 많아?

쓰레기 담는 봉투와 박스를 들고 뒤늦게 들어온 이 부장의 목소리가 들렸다.

트럭 하나면 되겠는데요.

오늘은 일이 좀 수월하겠네.

자연사는 정리사에게 손쉬운 축에 드는 거였다. 죽음을 다루는 것은 마찬가지였으나 의뢰받은 곳이 살인이나 자살 현장일 경우엔 분명한 예외가 있었다. 혈흔이나 동원된 물건을 마주해야 하는 형편에선 대화는 물론이고 서로의 시선이 닿는 것마저 삼갔다.

혼자 늙어 죽어도 모르나.

저벅거리는 발걸음 사이로 이 부장의 중얼거림이 들려왔다. 어제오늘 일이 아닌데 이 부장은 매번 같은 말을 했다. 노련하게 무심한 체하는 억양에 연민은 느껴지지 않았다. 그렇게라도 해야 쓰레기의 양에 따라 받을 돈을 정산하는 일에 조금은 민망함을 감할 수 있을지 몰랐다. 외롭게 살다 간 그들의 세상을 들추어 정리하고 그 일로 인해 돈을 받게 되는 순간에는 죄스러움마저 느끼는 까닭이었다. 그래서일까. 업체 대표는 처음부터 명확한 선을 그었고 매우 적합한 교육을 했다. 그들의 이야기에 귀기울이지도, 느끼지도, 해석하지도 말 것. 65세 이상 노인 인구 765만 명. 이 가운데 140만 명이 독거노인. 방법과 시기는 다르지만 죽은 후엔 반드시 무엇인가를 남긴다. 수요가 있는 사업이었다.

죽었는데도 용서 못 하는 게 대체 뭐야. 이 부장의 중얼거림 뒤로 주방 선반의 서랍이 요란하게 열고 닫히는 소리가 들려왔다. 다소 사무적인 말투로 의뢰를 맡긴 유족들의 표정이 떠올랐다. 누군가의 마지막 흔적 안에 그들은 발을 들여놓지 않으려 했다. 현장에 와서 귀중품이나 가재도구 등을 확인한 후에 유품정리를 신청해야 하지만 그런 절차마저 원하지 않았다.

전부 처분해주세요.

그들이 남긴 말이었다. 커튼 자락이 덮고 있는 벽과 장롱 사이에 먼지를 뒤집어쓴 채 돌돌 말려 있는 양말이 보인다. 원목 장롱 한 짝은 한가운데 커다란 구멍이 뚫려 있다. 엷어지고 짙어지기를 반복하는 방의 음영이 마치 그로 인한 것으로 느껴졌다.

이거 못 들어가요.

트럭 기사가 난감한 얼굴로 장롱과 어머니를 번갈아 바라봤다. 초등학교 3학년 무렵 이사한 집은 천장이 낮았다. 천장이 낮은 게 아니라, 일 층에서 몇 계단을 내려가 있는 집이라 바닥이 높은 거였다. 방에 장롱이 들어가지 못해 결국은 장롱에 붙어 있는 작달막한 다리를 잘라야 했다. 마당 구석에 비스듬히 누운 장롱에는 잘려나간 결 따라 가시가 돋아나고 있었다. 지켜보던 어머니는 자꾸만 코를 힝, 풀었다.

이사하는 집에 남자의 그림자라곤 보이지 않는 것이 자랑이라도 되는 듯 어머니는 씩씩하게 짐을 날랐다. 그리고 간간이 목에 낀 먼지를 뱉어냈다. 남자처럼 마당 한가운데 있는 하수도에 가래침을 캑, 뱉었다. 나는 두 손으로 귀를 막았다. 어머니가 내는 소리처럼 나의 몸 어딘가에서도 캑, 힝, 소리가 나고 있었다. 가족사진의 포장을 풀어 이삿짐들 사이에 세우고는 수돗가로 가서 물을 틀어 흘려보냈다. 사진 속 머리를 맞댄 아버지와 어머니 그리고 품에 안긴 어린 내가 짐 옮기는 걸 물끄러미 바라보고 있었다.

나이 먹으니까 수다스러워졌어. 싫지?

어머니는 습관적으로 싫지, 라고 물었다. 이십여 년 전 이사하는 날의 이야기로 시작하여 근래 그만두었다는 복지관 이야기가 펼쳐지고 있었다.

이제 좀 바꾸세요.

꼭 나 같지 않냐?

삐딱한 장롱에 기대고 선 어머니의 모습도 삐딱했다. 바닥 높은 집을 떠나 두어 번의 이사가 있었지만, 장롱은 늘 거기 있었고 어머니는 점점 장롱을 닮아갔다.

볼래? 전에 배운 거야.

몸을 곧추세우고 어머니가 방바닥에 발을 이리저리 옮기기 시작했다. 슬로우 퀵퀵, 슬로우, 슬로우 퀵퀵. 입으로 박자를 맞추며 스텝을 밟았다. 가벼운 발걸음과 함께 바람에 흔들리는 나뭇잎처럼 고개를 헐렁하게 움직였다. 한 손은 누군가의 어깨에 사뿐히 올린 것처럼 곡선을 만들고 다른 한 손은 팔을 벌려 허공에 걸친 채였다. 늙은 얼굴을 들고 춤을 추는 어머니의 발걸음은 허방을 밟는 듯했고 그에 따라 하늑거리는 팔은 노를 젓고 있는 것 같았다. 외딴곳으로 향하는 배를 타고 물살을 가르는 손짓이었다.

몸뚱이가 둔해. 창피한 노릇이지.

춤을 멈추고 어머니는 다시 장롱을 짚고 기대섰다. 유리창으로 비친 설핏해지는 햇빛 속에 어머니의 얼굴이 뿌옇게 바래고 있었다.

왜 그만뒀어요?

죽었어. 근사한 파트너였는데.

별일 아니란 듯이 어머니가 대답했다.

이게 정상적인 일이야? 어제 있었던 사람이 오늘은 없는 거야. 어디에도.

매듭을 짓듯이 손에 쥔 손수건을 두 번 세 번 눌러 접었다. 그러고는 다시 펼쳤다. 어머니는 울지 않았다. 대신 손수건을 오므려 그곳에다 코를 힝, 풀었다. 나는 고개를 숙이고 손목시계를 들여다봤다.

가게?

나는 천천히 일어났다. 코 주위를 마저 닦고 있는 어머니의 눈은 이미 붉어져 있었다.

더는 움직이지 않을 것처럼 아랫배가 단단하게 뭉친다. 이따금 그렇게 나에게 무언가를 알리려는 것만 같았다. 삶이 늘 위험에 노출되어있는 만큼, 지금 내게 무슨 일이 벌어지고 있는지를 의식하게 하려는 본능인지도 모른다. 그러나 염려하는 마음이 드는 건 잠시였다. 그곳은 단단한 모서리도, 날카롭거나 깊은 틈새도 존재하지 않으리라는 것을 나는 알고 있다. 언젠가 나를 품었던 곳이기도 하니까. 안방과 마주 보고 있는 문을 열었다. 습기에 문짝이 들뜬 탓인지 나뭇가지 부러지는 소리가 났다. 좁고

답답한 화장실이었다. 변기와 세면대에는 찌든 때가 불규칙한 문양과도 같은 얼룩으로 그늘져있었다.

짐은 많지 않은데 모두 쓰레기네. 원하는 게 없으니 다 버려야 하잖아.

열 평 남짓한 집 안을 이 부장은 이사 견적서를 들고 왔다 갔다 했다. 천국으로의 이사라고 생각들 하라고. 업체 대표는 이사 견적서라고 쓰여 있는 용지를 보이며 말했었다. 이 부장은 냉장고의 문을 열어보고 세탁기 안도 꼼꼼하게 살폈다. 냉장고에 음식물은 거의 없었고 빨래통에는 수건 몇 개와 양말이 전부였다.

수령인이 없는 정리 작업은 수월했으나 고독사임을 또 한 번 입증하는 것이나 다를 바 없었다. 그런 날은 잠자는 일처럼 어렵지 않던 것도 더디기만 했다. 나로 인해 마지막 끈마저 놓아버리게 된 것은 아닌지. 누군가의 사연을 그대로 영영 버리고 온 것은 아닌. 창으로 흘러들어오는 고르지 못한 바람을 느끼며 나는 머리를 쓸어 올렸다.

힘 안 들어?

느닷없는 이 부장의 목소리가 방안에 울렸다. 나는 점퍼의 앞지퍼를 목까지 끌어올리며 고개를 저었다. 겨울의 두둑한 옷으로 누구도 나의 임신을 알지 못했다. 이 부장이 귀 뒤에 걸쳐 있던 펜을 빼 들고 전표에 체크하기 시작했다.

오래돼놔서 재활용할 것도 별로 없네.

말하고는 지자체의 재활용 센터로 전화를 걸었다.

여덟 자 장롱 하나. 냉장고 하나. 세탁기 하나. 오래된 텔레비전하고. 근데 장롱 한 짝은 구멍 났어. 버려?

수거할 물건의 종목과 수량을 불러주고 의심이 가는 것들에 대해서는 갖고 갈 만한 물건인지를 타진했다. 큰 짐을 먼저 내가야 정리가 수월하기 때문이었다. 나는 장롱의 문을 열고 쌓여있는 물건들을 바닥으로 내렸다. 옷가지와 가방과 박스들. 내복은 한 번 입지도 않은 곽째였다. 차곡차곡 개켜 있는 이불 위에 연두색과 갈색 베개가 놓여 있다. 집 안에 들어와 쌍을 이루고 있는 건 베개밖에 없었다는 생각이 들었다. 추측한 사망시간이 정오쯤이었으니 사람들이 한창 움직이고 있던 시각이었다. 자고 일어나 이불을 개켜 장롱에 넣고 두 개의 베개를 가지런하게 올리는 고인의 모습이 보이는 듯했다.

장롱 한구석에 골판지 상자가 보였다. 꺼내려니 제법 묵직했다. 스프링이 달린 스케치북이 수북이 담겨 있었다. 손에 잡히는 한 권을 빼 들었다. 그림일기. 1학년 2반 김현수. 스케치북의 표지와 모퉁이가 심하게 닳아 있었다. 무심코 몇 장을 넘겼다. 크레파스로 그린 그림과 비뚤배뚤하게 쓴 일기가 발랄했다. 재미있었다. 즐거웠다. 좋았다. 몇 줄 글의 끝맺음은 주로 이런 식이었다. 잠시 유족이 떠올랐으나 원하지 않는 물건을 전해주는 것이 옳은 것인지 고민이 되었다. 나는 스케치북을 종이 재활용 박스에 넣었다.

쓰레기봉투를 벌리고 입던 옷가지를 구겨 넣었다. 변색하거나 낡은 것들과 함께 입을 만한 옷들마저 쓰레기가 되고 있었다. 곽을 열어 옷감과 종이를 구분했다. 한 번 입지도 않은 그것마저도 봉투 안으로 밀어 넣었다. 이불이나 옷가지들은 그저 그렇게 버려지는 물건이었다. 의미가 담기고 세월이 담겼기에 더욱 지켜지는 점이었다. 고독사였으므로. 그렇게 살다간 누군가 소유하고 있던 것이므로. 발인 때 옷가지와 즐겨 들던 가방이나 자주 신던 신발 등은 고인과 함께 보내지기도 하지만 유족들은 아무런 말이 없었다.

얼마 지나지 않아 전화를 받은 인부들이 왔다. 방 안을 휘둘러보다 장롱부터 들었다. 처음엔 움직일 뜻이 없다는 듯 버티던 농짝이 쩍, 소리를 내고는 움직이기 시작했다. 감정이나 동요가 보일 리 없었다. 그저 검은 구멍을 품고 침착하게 밖으로 끌려나갔다. 인부들의 발소리만 부산하게 들렸다. 소파와 텔레비전, 그 아래의 궤. 그리고 냉장고, 세탁기. 차례로 나갔다. 방과 거실 바닥엔 그 안에 있던 물건들이 더미를 이루며 널브러져 있다. 황폐하게 보이는 거실 벽면에 걸려 있던 사진 액자가 바닥으로 툭 떨어졌다. 나는 무심코 배를 감싸고는 어깨를 움찔했다. 다리 사이에 아련한 통증이 느껴진다. 답답하고 느른한 느낌이다. 벽을 짚고 잠시 그대로 심호흡을 했다.

바닥이 높은 반지하 방에서 어머니는 누군가를 부둥켜안았다. 남자들은 매번 달랐다. 너무 낯설어 그들의 얼굴이 모두 다르다고 생각하는지도 몰랐다. 계단을 내려가 방문을 열기까지 나는 주저했다.

너 때문이야. 너 때문에 모두 내 곁을 떠나.

그렇게 말하고는 다리 잘린 장롱 아래에서 돋아난 가시에 상처 입은 사람처럼 어머니는 신음하곤 했다. 집과 집의 담 사이로 나는 숨어들었다. 시멘트 바닥에 돋아 있는 사초를 바라보다 얼굴을 가슴에 박았다. 액자 속의 가족사진이 찢겨 있던 날이었다.

넌 많은 이들을 떠나오거나 떠나보내야 하는 팔자란다. 그래서 내가 혼자인 거야.

그 당시 나에 대해 아는 거라곤 열한 살이라는 나이와 이름 정도였다. 그런 나로 인해 어머니의 삶이 변화할 수 있다는 것은 이해할 수 없는 유독한 말이었다. 부인하고 싶었으나 나는 그럴 수 없었다. 어머니가 나를 속일 리 없다는 믿음 때문이었다. 그 말을 할 때 나를 바라보던 어머니의 원망 어린 시선과 뜨거운 입김. 그 느낌은 번번이 내 주위에 머물렀다. 그럴 때마다 몸을 깊이 웅크려 곁에 더 많은 자리를 내주었고 나는 입술을 달싹이며 내게 묻곤 했다. 감당하고 있는지를.

아직 젊구나.

언젠가 나에게 한 이야기를 기억하느냐고 물었을 때 어머니가 나직이 중얼거렸다. 베란다에 들어찬 햇볕이 잘게 부서지고 있었다. 거실 탁자의 모서리에까지 부딪힌 빛이 나를 향하고 있었다. 어쩌자고 물었을까. 나는 눈을 가늘게 감았다.

이 정도 나이 되면 유년 시절의 기억도 그 나머지 기억도 없어. 그럴 시간이 없으니까.

많지 않은 머리카락을 쓸어 넘기는 어머니의 얼굴과 오목한 눈동자가 빛바래 보였다.

사람을 만들려면 열 달이 걸리잖아. 그런데 인간을 만들려면 육십 년은 걸린단다. 이제 잘 살 수 있는데, 얼마 안 남은 거야.

어머니는 '잘'을 한참 동안 끌면서 말했다.

그거 아니? 해가 날마다 짧아지는 거.

묻고는 나를 바라봤다. 맥없는 굴곡을 이루고 있는 머리카락과 희미하게 얄팍해진 어머니의 눈썹이 한없이 낯설었다. 겨울이 오고 있는 계절이니 그럴 법도 한데 어머니가 말하는 날은 알 수 없는 풍경 속의 시간을 말하는 거였다.

추운 계절이 지나갈 무렵 그를 만났다. 유품 정리를 마치고 집으로 돌아가던 고속버스 안에서였다. 무슨 일을 하세요? 옆자리에 앉아 있던 그가 내게 물었다. 저는 누군가 하지 않으면 안 되는 일을 합니다. 내가 아무런 대답이 없자 그는 그렇게 자신을 먼저 이야기했다. 누군가 하지 않으면 안 되는 일. 나는 피식 웃으며 차창 밖을 바라봤다. 백골을 곱게 갈아놓은 듯한 하얀 눈발이 날리고 있었다. 찬란한 불구덩이 속에서는 용기를 잃을 여유가 없어요. 그가 말했을 때 나는 처음으로 그의 얼굴을 바라보았다. 그런 나를 맞이하는 것처럼 활짝 웃는 그의 얼굴은 둥그스름했다. 그는 나와 달랐지만, 오히려 나눌 게 많았다. 나는 말수가 적었고 그는 적당하게 수다스러웠다. 나는 유난히 추위를 많이 타고 그는 몸에 열이 많았다. 그의 곁에서 나는 초봄의 찬바람을 느끼지 않았다.

그에게서 떠나왔다. 그와 같이하던 공간을, 더불어 보내던 시간을 떠났다. 무엇을 지키고자 함이었을까. 그에게서 사랑한다는 말을 난생처음 듣던 날 어머니를 떠나왔으며 그의 아이가 내 안에 있음을 알게 된 날 그를 떠나왔다. 생에 어떤 법칙이 있다면, 그래서 더하는 일은 놔두고 빼는 일을 스스로 감행한다면 살 점이 떨어지는 일만은 없으리라는 바람 때문이었다.

먼지가 바닥에서 솟듯이 인다. 수거의 막바지였다. 쌓여 있던 더미가 거의 치워질 무렵 장판 밑바닥에 노트 한 권이 펼쳐져 있었다. 누군가 보아주길 바라는 마음으로 갈피를 벌려놓은 것처럼 보였다. 너무 잔뜩 먹었다. 기운이 나니까 노여움이 앞선다. 몇 개의 단문이 쓰여 있었다. 하루 종일 한마디도 하지 못했다. 또박또박한 글씨체는 오히려 맥이 없었다.

나는 머릿속으로 중얼거렸다. 느끼지도 해석하지도 말 것. 다른 곳에 시선을 두고 노트를 접었다. 그리고 그것 또한 재활용 박스에 넣었다. 빗자루를 들어 바닥을 쓸었다. 안방과 주방 그리고 거실. 빈 화분만이 공간을 차지하고 있던 베란다도 쓸었다. 먼지와 흙, 자루가 없는 볼펜, 어딘가에 박혀 있던 못, 단추 같은 것들이 모였다. 쓰레받기에 쓸어 담아 쓰레기봉투 속에 털었다. 온몸에 땀이 나면서도 찬 기운이 들었다.

뭐지?

이 부장이 박스에서 노트를 꺼내 들었다.

후회되는 것. 먹고 싶은 음식. 치료나 의료 등에 관한 희망.

노트를 펼쳐 읽었다. 고인이 써내려간 부분은 차마 소리 내지 않은 듯했다.

이런 일을 하고는 있지만 무슨 방도가 있어야 하는 거 아니야?

이 부장은 노트를 박스에 도로 넣었다. 경력 오 년 차임에도 이런 광경을 처음 대면하는 사람 같았다. 연민은 교만이야. 그러나 언젠가 말한 대로 이 부장은 담담하게 말할 뿐이었다. 청소와 소독 팀은 아직 도착하지 않고 있었다. 오전에 예약되어 있는 집을 들렀다가 오는 까닭이었다. 예약 건수가 늘어나도 직원들의 표정은 밝지 않았다. 일이 바빠지면서 이 인조를 이뤄 수거와 정리, 청소와 소독 두 팀으로 분담하여 하고 있었다. 없는 살림살이임에도 수십 개의 쓰레기봉투가 가득 찼다. 중량을 재서 처리비용계산서를 만들기만 하면 끝이었다. 기다리는 동안 나는 세제 묻힌 수건으로 가구가 있던 자리의 바닥과 벽을 닦아냈다. 그나마 집 안에 시취가 배지 않은 게 다행이었다. 곰팡이 슨 천장도 의자에 올라가 닦았다. 조심스럽게 한쪽 손으로 벽을 짚고 중심을 잡았다. 젖고 마르기를 반복한 탓으로 천장은 우둘투둘했다. 바닥장판은 마모된 흔적이 마치 본래 있던 무늬처럼 결을 이루고 있다. 나는 닦고 또 닦아냈다. 생의 범위 안에 자리하던 누군가의 흔적이 사라지고 있었다.

부모는 자식을 가슴에 묻는다고 하지만 자식은 부모를 목구멍에 묻습니다. 귀를 막아도 입을 막아도 소리가 들리니까요. 그것만으로도…….

수화기 너머에서 독백처럼 흘러나왔다. 고해이거나 책 속의 어느 부분을 읊고 있는 듯도 했다. 여자의 목소리는 곤혹스러움이 느껴질 정도로 떨리고 있었으나 단호했다. 노트와 스케치북에 대해 말을 꺼냈을 때 유족 중 한 사람의 대답이었다.

그냥 처리해주세요.

당부라도 하는 것처럼 말하고는 전화를 끊었다.

거실의 유리창과 창틀을 닦았다. 여닫기가 수월하지 않았을 만한 먼지와 부스러기가 창틀에 끼어 있었다. 이 부장은 주방 싱크대를 닦고 있다. 해서 먹은 것이 별로 없는지 가스레인지와 선반에 묵은 때가 거의 없다고 했다. 싱크대 옆에 있던 식탁 위엔 날짜 지난 영양제와 복용하던 갖가지 약들이 즐비했다. 마지막 쓰레기봉투에 모두 쓸어 담았다. 진공청소기와 대걸레, 다양한 클리너 용품을 가지고 소독팀이 도착했다. 청소기의 모터 소리가 들리고 벽과 천장에 분사되는 소독약 냄새가 집 안에 퍼졌다. 마스크를 쓰고 머리에 수건을 뒤집어쓴 직원들이 분주한 발걸음으로 일사불란하게 움직였다. 청소기의 모터 소리 탓인지 나는 귀가 먹먹했다.

매번 다짐하면서도 그게 안 되네.

어머니의 음성은 한없이 낮았다. 나는 무슨 말인지 알 수 없어 그저 다음 말을 기다렸다.

반가워하지 말아야지.

그렇게 말하고는 봄날 햇살을 받으며 농담이라도 한 것처럼 어머니가 웃었다. 웃음소리가 금세 사라지지 않고 대기 속에서 느릿느릿 맴돌았다. 나는 허공 어딘가에 눈길을 두었고 어머니는 나를 향해 얼굴을 삐뚜름하게 기울였다.

언젠가 나도 네 곁에서 떠나가겠지?

억울한 순간이라 여겨질 때면 그것과 함께 의문스러워지는 점이 있곤 했다. 진정 그런 뜻을 품은 것인지. 내게 전하고자 함인지. 나는 어머니를 바라만 보았다. 그 질문에 나는 달리 무슨 말을 어떻게 해야 하는지 알지 못했다.

기가 막혀. 늙으니까 더 그래. 넌 날 이해해야 해.

나는 가만히 듣고 있었다. 다만 몇 차례 손톱 가장자리의 부푼 살을 뜯어냈다. 어머니가 내게 다가와 나의 등을 가만가만 쓸었다. 까슬까슬한 어머니의 손바닥이 느껴졌다. 그 느낌이 견딜 만해졌을 때 어머니는 움직임을 멈췄다.

넌 내게 전부였어. 너도 그렇겠지.

늘 그렇게 어머니의 입에서 떨어진 문장은 물음처럼 끝이 올라갔다. 나는 거실 한구석에 쌓여 있는 책의 권수를 헤아렸다. 열 권을 넘기지 못하고 바닥 아래쪽에 있는 것부터 다시 세야만 했다. 그러다 소쿠리로 시선을 옮겼다. 수분을 잃고 오그라든 것들의 정체는 여전히 모호했다. 나는 그만 고개를 떨궜다. 내게 그토록 어렵고 두려운 기억을 남긴 것이 어머니의 말이었는지 그 말의 의미를 심장에 겨눠 패이도록 새긴 나로 인한 것인지 알수 없었다. 어쩌면 어머니는 그저 인생 이야기를 했는지도 모른다. 그럼에도 나는 쪼글쪼글해지고 무른 살을 스스럼없이 보이는 어머니를 바라보지 못하고, 말하지 못하고, 뜨거운 것이 넘어오려 하는 목구멍을 조였다. 어머니의 유품은 수령인이 없었다. 내가 바라보고 있는 기억을 간직한 물건은 구분이 필요하지 않았다. 어머니의 얼굴을 본 지 아홉 달이 지났다. 어머니의 집으로 가는 버스를 기다리다 돌아선 적이 대부분이었다. 어디선가 들려오는 앰뷸런스 소리가 요란하다. 그것과 함께 들려오지도 않은 소리가 귓전을 두드린다. 귀를 막아도 입을 막아도 들리는 소리였다.

　수고들 하세요.
　이 부장과 나는 수십 개의 쓰레기봉투를 트럭으로 옮기고 소독하고 있는 직원들에게 인사를 건넸다. 이 부장은 돌아서서 손에 낀 장갑을 벗어 바지를 툭툭 털었다. 현관 아래 좁은 계단을 내려가다 말고 나는 다시 올라갔다. 철문에 붙어 있는 치킨, 중화요리, 야식 등의 광고지를 떼어냈다. 마지막 흔적이었다. 아파트 정문을 지나 사거리까지 걸어 나오는 동안에도 몸에 밴 소독약 냄새가 가시지 않았다.

어떤 이유에서건 유품 반출은 금지일세.

이 부장의 말이었다. 나는 말 없이 고개를 숙였다. 등에 짊어진 가방이 묵직하게 느껴졌다. 사거리 건물의 모퉁이 집에 들어가 이 부장은 막걸리를 마시고 나는 밥을 먹었다. 부침개의 기름 냄새가 진동하는 막걸리 집이었다. 울컥울컥 넘어오는 위액을 삼키고 꾸역꾸역 밥을 넘겼다. 주인장으로 보이는 아주머니가 비어 있는 그릇에 반찬을 채워주고는 돌아섰다. 이 부장은 아주머니의 뒤태를 바라보다 피식 웃었다. 그러고는 잔을 들어 단번에 들이켰다. 옆 테이블은 반찬들이 다양하게 많았다. 생선구이, 쌈, 샐러드, 잡채 등이었다. 벽에 걸린 차림표 옆에 신메뉴라는 글씨가 붙어 있다. 정식 세트 개시. 막걸리 집도 많이 생겨나다 보니 차별화가 필요했던 걸까. 사람들의 언성 높은 말과 주문하는 소리, 간간이 들리는 웃음소리로 가게 안은 소란스러웠다.

산다는 게 뭔지 아나?

비워진 자신의 술잔에 막걸리를 따르며 이 부장이 물었다. 그리고 식당 안을 두리번거렸다. 아주머니를 눈으로 좇다가 드디어 빈 막걸리병을 들어 보였다.

기다리는 일일세.

젓가락으로 잔에 담긴 술을 휘적거리다 이 부장이 말을 이었다.

사람을 기다리기도 하고 때를 기다리기도 하지.

부장님은 뭘 기다리세요?

나? 나야 술을 기다리지.

이 부장이 껄껄거리며 웃었다. 입안에 씹고 있던 전 조각이 튀어나왔다. 손바닥으로 입가를 쓱, 문대고는 또 그렇게 웃었다.

여자인 자네는 뭘 기다리나?

뭘 기다리나. 이 부장의 질문에 나는 대답하지 못했다. 손목에 걸린 봉지가 묵직하게 덜렁이며 다리에 닿았다. 먹고 싶은 음식. 잡채. 재활용하다 누군가의 노트를 손에 쥐었다. 시선을 돌리려다 말고 거기에 적혀 있는 글을 읽고 말았다. 후회하는 것은. 사랑한다고 말하지 못한 것. 가보고 싶은 곳은. 거기. 누군가의 거기는 어디일까. 나는 잠시 생각했다.

사십 분이 지나 집에 도착해서도 봉지는 따뜻했다. 방 가장자리에 서 있는 장롱문을 열었다. 한쪽의 경첩이 빠지는 바람에 문짝이 헐겁게 열렸다. 장롱 구석 컴컴한 곳에 괘종시계가 오락가락을 멈추고 우뚝 서 있었다. 그 옆으로 베개와 신발 한 켤레와 냄비 그리고 누군가의 가족사진이 나란히 놓여 있었다. 손목에서 봉지를 빼냈다. 그림자로 조각되어 있는 장롱 깊숙한 곳에 넣었다. 냄새가 고이기 시작한다. 명절이나 잔치 때나 볼 수 있는 음식이었으니 먹고 싶었던 걸까. 가방을 열어 내복 상자와 노트, 몇 권의 스케치북을 꺼냈다. 그것들 또한 장롱 속에 넣었다. 모든 것들이 대화를 걸어오길 기다리고 있는 듯 조용했다. 나는 오늘 또 누군가를 떠나보냈다. 그것으로 어느 누군가는 지킬 수 있으리라 생각한다면 염치없는 것일까. 단편의 기억들이 어음이 되어 한없이 소란스러워지고 있다. 그 소리를 목구멍에 담고 담는다. 그리고 나는 두 손으로 배를 감싸 안았다.

* 이 글은 아래의 도서를 참고하였습니다.
요시다 타이치. 김석중 옮김, 『유품정리인은 보았다』, 황금부엉이, 2019

사진을 남기는 사람

누군가의 강의를 들을 때면 나는 익명의 인간이 되는 기분이다. 안심하고 의자에 파묻혀 앉아 타인의 목소리를 듣는 시간이 좋다. 하지만 강의가 시작된 지 얼마 지나지 않아 이 시간이 망설여졌다. 일상을 찍었을 뿐인데, 라고 그가 말했을 때 나는 한참 동안 움직이지 않아 불편해진 듯 자세를 고쳐 앉았다. 내용을 다 아는데 글로 쓸 수 없는 이야기. 기억하고 있으면서도 떠올릴 수 없는 장면. 언젠가 카메라를 둘러메고 어떤 장소를 가기 위해 걸음을 옮기는 중이었다. 쓸 수 없고 떠올릴 수 없는 것에 관해서 나는 생각하지 않으려 했다. 그러니까 몹시 예민해진 그날처럼 일상이 담긴 사진들이 내 눈앞에 나타나고 있었다.

내가 서 있는 장소에서 모든 것이 비롯된다.

프레데릭 좀머의 말로 말문을 연 강사는 자신을 이렇게 소개했다.

나는 사진을 찍는 사람입니다. 모든 것을 가만 놔두고 무수한 빛에 기댈 수밖에 없는 작업입니다.

중절모 아래 보이는 형형한 눈빛이 조금 짧은 듯한 동그란 눈매에 가득 차 있었고 그의 어깨는 카메라의 무게와 셔터를 누르는 순간의 기다림을 감당한 까닭인지 단단하게 기울어져 있었다. 큰 키에 다부진 몸에는 군살 하나 없었고 뜨거운 햇살 받으며 밭을 일구는 농부의 인상과 소년의 이미지를 함께 가지고 있었다. 대상의 형식이나 의미를 고려하기 전에 자신은 존재하는 사물에 떨어지는 빛에 집중한다고 말하며 사진을 찍는 일은 그 빛 속에 나타나 보이는 것을 기록하는 것이라고 그가 설명했다. 머무르거나 감싼다는 표현이 아닌 빛이 떨어진다는 수사는 찍으려는 대상의 마지막 모습을 연출하는 빛을 일컫기에 가장 어울리는 표현이었다.

하늘에서 떨어지는 것일까. 창밖으로 눈길을 돌렸을 때 물기 어린 회색빛 구름이 정박하러 들어오는 배와 같이 천천히 창문 안으로 들어오고 있었다. 그러고는 부두 아래 닻을 내리기도 전에 잠시 떠다니다 나뉘어 흩어졌다. 한 블록 뒤로 플랫 아이언

빌딩이 하늘을 배경으로 서 있다. 스파이더맨이 날아오르던 맨해튼의 건물을 보고 있자니 영화를 보고 있는 착각이 들어 현실감이 떨어졌다. 삼박사일 짧은 일정의 '비컴 센티멘탈'이라는 제목으로 진행된 과정이었다. 취지는 대학원 선후배의 교류였는데 특별한 체험을 하는 건 아니었고 바쁜 일상에서 잠시 떠나 사진 강의와 미술관을 관람하는, 이름 그대로 감상에 젖는 일정이었다.

사물은 존재하지만, 빛을 받은 사물은 존재하지 않는다. 나타날 뿐이다. 차분한 그의 목소리가 이어졌다. 뷰파인더를 통해 피사체를 바라보는 그를 떠올리고는 방금 보았던 존재가 사라져버린 후 그가 지었을 표정과 태도를 생각했다. 지금은 있으나 곧 없어지리라는 것을 잘 아는 그도 잠시 당황했을까. 카메라를 내려놓고 자신이 만든 프레임의 경계를 찾으며 남겨두지 못한 사진 밖의 일들을 기억했을지도 모른다.

파워포인트로 만든 화면이 스크린에 떠 있었다. 자기 팔보다 더 긴 바게트를 들고 뛰어가는 어린 소년의 사진에 〈쁘띠 파리지앵〉이라는 제목이 붙어 있다. 그는 자신이 좋아하는 작가라는 말을 덧붙였다.

일상이라는 단어가 잘 어울리는 작가 윌리 로니스(Willy Ronis)는 멀리 아프리카 초원으로 뛰어나가 대단한 장면을 찍으려 하지 않았습니다. 일상을 찍었을 뿐인데 아름다움은 충분했습니다.

나는 결이의 사진에서 보았던 일상을 떠올렸다. 모자람 없이 아름다운 것이었을까. 일기를 쓰듯이 사진을 찍은 듯 아내와 함께했던 하루하루가 담겨 있었다. 산책 중이기도 했고 추리닝 차림으로 카트를 끌며 시장을 보러 간 마트가 배경일 때도 있으며 때로는 말끔하게 단장하고 카페에 앉아 브이를 그리기도 했다.

결이의 아내가 죽었다는 소식을 들은 것은 대학교 과 대표였던 친구가 십여 년 만에 주선한 동기들 모임에서였다. 단톡방이 열리고 밴드에 초대되면서 반가운 마음으로 단톡방과 밴드를 오가며 친구들의 사진을 보았다. 친구들의 실제 모습이 궁금하기도 했지만, 막상 모임 날짜가 잡히자 꼭 나가야 하는지 조금은 머뭇거려졌다.

적지 않은 시간이 흘렀어도 어릴 적 모습을 기억하기 때문인지 친구들의 얼굴은 그대로였다. 사진을 전공한 우리 중 카메라를 들고나온 이는 없었고 모두 사진과는 무관해 보였다. 조금 살이 찐 친구들은 넉살 좋은 아저씨가 되어 있었고 주름이 눈에 띄게 많아진 친구는 희끗희끗해진 머리가 생기 잃은 이마를 덮고 있었어도 장난스러운 눈매는 여전했다. 누군가의 광대 위에 내려앉은 기미가 낯설어 가만히 바라보다 예의가 아닌 듯하여 눈길을 돌렸다가 다시 바라보고 그랬을 뿐, 예전과 다름없는 목소리와 어투에 마음이 누그러졌다. 이따금 내 모습은 그들 눈에 어떻게 보일지 궁금하기도 했으나 이야기에 열중하고 있자니 아무래도 괜찮다는 생각이 들었다.

쾌활한 목소리로 결이는 동기 중 한 친구에게 너, 너무 늙었다느니 누가 어느 교수의 수업만을 빼먹으며 당구장에서 살던 얘기며 농구장에서 손가락이 빠지는 투혼을 벌이던 경기에서 자신의 활약이 얼마나 빛이 났던지 그것에 얽힌 에피소드와 형에게 빌린 기지 바지를 처음 입고 데이트에 나갔던 얘기를 늘어놓았다. 그러고는 식당에서 술을 가져다주던 아주머니를 불러세워 우리 중 누가 제일 어려 보이냐며 묻고는 자신을 가리키는 아주머니에게 엄지 척을 해 보이며 해맑게 웃었다. 그런 결이에게서 나는 아내를 떠나보낸 그늘을 보지 못했다. 일이 있다면서 결이 먼저 일어서 나간 후, 누군가 조심스럽게 알리기 전까지.

윌리 로니스의 또 다른 사진과 함께 그 아래 글귀가 적혀 있었다. 아름다운 이미지는 가슴을 통해 만들어지는 기하학이다. 〈바스티유의 연인〉이라는 제목의 사진이 스크린 위에 보였다.

소형 마이크를 끄고 그가 단상에서 내려왔다. 사진은 시각 매체이지만 감정을 읽을 수 있는 글과 무관하지 않다고 저는 생각합니다. 그의 말을 곱씹으며 사진 속 연인의 모습을 응시했다. 그동안 그는 파워포인트를 조정하고 화면을 끄고는 입구로 걸어가 내부의 조명을 켰다.

강의를 시작할 때와 지금 여러분의 모습이 다릅니다. 창으로 들어오는 빛의 각도가 바뀌었기 때문입니다. 언제 실내조명을 끄고 해가 저물 때까지 있어보는 것도 좋겠네요.

그가 이렇게 말하며 강의를 끝냈다. 미술관에 가기 위해 원우들 몇 명과 함께 일어섰다. 교수와 세무사 두어 명의 기업가와 공무원. 그리고 그가 있었다. 프릭 컬렉션으로 가는 이층 버스옐로 캡의 창밖으로 센트럴파크가 펼쳐졌다. 맨해튼의 중앙에 있는 탓에 하루에 두 번씩은 바라보게 되는 공원이지만 그 모습은 볼 때마다 매번 다르다. 지금은 햇살로 가득 찬 잔디가 빛을 머금어 반짝이고 있을 시각이었다. 이민자들과 흑인들의 판자촌이었던 이곳을 시민을 위한 공원으로 그것도 세계 최고의 공원으로 만든 것에 관해 새삼스럽게 누군가 말하자 대단한 일이라며 다른 이들이 감탄을 아끼지 않았다.

빌딩의 호위 속에 자리한 공원에서 한가롭게 책을 읽거나 잔디 위에 누워 쉬고 있는 사람들의 모습이 눈에 띈다. 멀리 프리

스비나 공 던지기를 하며 공이 오고 가는 사이로 소리 내어 웃고 큰 목소리로 대화하는 사람들도 보였다. 거리의 음악가들이 모이고 교향악단의 연주회도 열리는 공원은 평화로우면서도 도시의 활력이 넘쳤다. 맨해튼의 가장자리 강가에 조성된 이스트 리버 파크와 유니언 스퀘어도 무척 분위기가 있는데 그곳에서 뉴욕 메트로폴리탄의 연주를 들은 적이 있다며 시간이 된다면 둘러보고 싶다고 일행 중 한 원우가 말했다.

도착한 프릭 컬렉션은 생각과는 달리 아담하지도 편안해 보이지도 않았다. 호화로운 저택을 설계하여 만든 미술관이라는 인상을 지울 수 없었다. 백만장자였던 헨리 클레이 프릭은 미술품 수집가로 유명했다. 렘브란트의 젊은 예술가의 초상을 구매하면서 그는 자신이 살던 집을 프릭 컬렉션으로 만들 계획을 세웠을지 모른다. 거장의 작품들을 모으며 개인 미술관을 만드는 일이 그에게는 어떤 의미였을까. 노동자들과의 불화가 다소간 영향을 미쳤을지도 모른다는 대화가 오갔다. 노동 운동을 탄압했던 자신에 대한 일말의 부끄러움이었을지도. 명품 수집품이 가득한 집을 관리하고 작품 구매를 위해 적지 않은 돈을 기증하며 그는 자신의 집이 그 모습 그대로 보존되기를 원한다는 의사를 유언으로 남겼다고 했다.

미술관을 나와 카페로 자리를 옮겼다. 길가 카페들은 아기자기하게 꾸며져 있었고 주인장의 취향을 짐작할 수 있을 정도로 개성 있었다. 우리 일행이 들어선 아담한 카페는 아날로그 감성이 남아 있는 친근한 분위기였다. 다양한 디자인의 라디오와 고가구 느낌의 턴테이블이 여러 대 소품으로 장식되어 있었는데 서울 어딘가에도 있을 법한 곳이었다.

자리에 앉아 여러 명이 입을 모아 프릭 컬렉션에서 가장 처음에 본 〈성 프란체스코의 무아경〉 얘기를 했다. 팔 벌리고 서 있던 수도승의 손바닥에 핏방울 맺힌 상처를, 기적으로 이루어진 그 흔적을 보았는지 누군가 물었다. 아무 설명 없이 그걸 본다면 그게 기적 아니겠냐며 다른 누군가 말하자 모두가 자신의 손바닥을 펼쳐보았다. 옆에 앉은 원우가 내게 물었다. 김 작가님 어떤 작품이 제일 인상적이었나요? 책 한 권 출간한 습작생에 불과한 나는 작가라는 호칭에 그만 민망해져 작가라니요, 그냥 김씨라고 부르세요, 라고 말하고 싶었다. 그러나 나는 페르메이르의 〈여주인과 하녀〉에서 대비되는 두 여자의 안색과 옷이 인상적이었다고 〈장교와 웃는 소녀〉는 더욱 놀라웠으며 소녀의 웃음은 정말 실제 모습 같아 소름이 돋았다고 대답했다. 다들 공감한다는 표정으로 고개를 끄덕였다.

렘브란트의 〈니콜라스 러츠의 초상화〉와 〈자화상〉은 정말이지 사진 같았어요. 선생님, 그렇지 않았나요?

나이 지긋한 원우가 그에게 물었다.

빛으로 주름과 피부 묘사까지 했으니까요. 그 순간엔 조각가가 되어 무수한 빛을 인물에 새기려 한 것 같은 착각이 들어요.

그런데 선생님은 사진을 언제 찍으세요?

오래전부터 궁금했으나 너무 단순한 질문인데 해도 되겠느냐고 누군가가 양해를 구한 뒤였다. 그는 어딘가에서 불어오는 바람을 피하듯 고개를 살짝 움직이고는 상체를 옆으로 돌린 채 한쪽 벽면을 가만히 바라보았다. 측광을 받아 생긴 선 하나가 벽면위에 사선으로 그어져 있었다. 그가 눈길을 돌리며 대답했다.

사로잡는 대상이 있을 때요.

그렇다면 그 대상의 본래 모습을 찍고 싶은 건가요?

꼭 그런 거 같지는 않아요. 본래 모습이 있기는 한 건지 모르겠어요. 사진이 꼭 작품일 필요는 없어요. 단순한 목적이어도 상관없는 거예요. 창밖을 내다보듯이 바라보다 밖의 것과 내 안의 무언가 조우하는 순간이 있어요. 솔직하게 말하면 내가 느낀 감정을 남기고 싶은 마음이 더 우선인 것 같아요.

질문에 그는 친절하게 대답했다. 언젠가 사진작가협회에서 주최한 전시회에서 그의 사진을 본 적이 있다. 안개 속에 나무 두 그루가 서 있었다. 한동안 붙어 있다 떨어진 듯 두 나무 사이의 거리는 애틋했으나 그만큼이나 의연한 모습이었다. 타고난 자리가 그러한 앞선 나무와 뒤에선 나무 둥치 주위로 부단하게 사라졌다 다시 모이는 감정의 일렁임을 한동안 바라보았던 기억이 있다. 그가 눈을 지그시 감았다가 뜨며 말을 이었다.

섬세하게 묘사하는 까닭에 객관적인 사실이라고, 그러니 진실하다고 믿겠지만 찰나의 진실일 뿐 영원하지 않아요. 작가의 감정에 따라 실체의 왜곡도 가능합니다. 그러므로 사진은 이해가 아니라 감정의 동요라고 할 수 있어요.

나는 잠시 흔들리고 있었다. 그 사진 속에는 은총을 바라는 진실과 죽음이 보이지 않는 삶의 왜곡이 담겨 있었다. 결의 카톡 배경에는 매일 아내의 사진이 업그레이드되었다. 마주 앉아 있는 아내의 얼굴이 자신의 등 뒤로 오게 뒤돌아 팔을 길게 뻗어 셀카로 찍은 사진이었다. 결은 분명 웃고 있었지만, 눈동자는 함께 웃을 수가 없어서 걱정하는 듯한 눈초리에 가려있었고 결이의 아내는 눈과 입을 동그랗게 만들어 조금은 익살스러운 표정을 지었다. 카톡의 대문에는 담담하면서도 간절한 마음이 담긴 글이 쓰여 있었다. 건강하길.

은총을 바라는 눈길로 결이는 아내가 아닌 카메라를 바라본다. 나는 그들의 배경이 된 하얀 벽을 따라 프레임 밖으로 나갔다. 병실의 하얀 벽면이었을까. 요양원의 침대 모서리였을지. 살아 있는 아내를 바라보지 못하고 가만히 웃고 있는 결의 얼굴은 야무지지 못했고 흐르는 시간에서 눈길을 돌리고 있었다. 그러나 우울과 절망, 비애의 신파 따위 없었고 아내의 얼굴엔 투병의 고단함도 살고 싶다는 욕망도 보이지 않았다.

나는 휴대전화를 물끄러미 바라보다 결이에게 문자를 보냈다. 물어볼 게 있는 데 시간 좀 내줄 수 있어? 잠시 후 답장이 왔다. 그래. 언제가 편해? 간단한 안부 인사도 하지 않고 물어볼 말이 어떤 내용인지에 관해서도 묻지 않았다. 우리는 서로 몇 번의 문자를 주고받은 후 시간약속을 했다.

결이와 약속한 시각은 5시였다. 저녁 시간 전이어서 중식당엔 사람이 많지 않았다. 종업원은 칸막이가 되어 있는 사인용 식탁으로 안내했다. 가슴 높이의 칸막이 안에는 거의 붙어 있다시피 한 사인용 식탁이 두 개 있었는데 왼쪽 테이블에서는 이미 두 중년 여인이 식사를 하고 있었다. 불편할 것 같아 나는 홀 쪽으로 가서 문이 바라보이는 테이블에 앉았다. 컵에 물을 따르고 고개를 드는 순간 결의 모습이 보였다. 살짝 어색한 표정으로 한 손을 들어 보이며 결이가 나를 향해 걸어왔다.

길이 밀리지는 않았는지 배는 고픈지 묻는 내게 결은 맛있는 거 먹자, 라고 대꾸하고는 메뉴판을 바라보다 주종은 고량주가 좋을지 소주가 좋을지 내게 묻는 것도 아니고 혼자 고심하는 투로 중얼거렸다. 나, 와인 좋아하는데. 내가 말하자 결이 나를 바라보며 무심한 투로 중얼거렸다. 많이 변했구나. 너, 옛날에는 뒤끝 없다며 소주만 찾았는데. 나에 관해 더 많은 것을 알고 있다는 듯한 말투가 나쁘지 않았다.

서쪽을 향한 창에서 빛이 들어와 결의 얼굴을 비추었다. 친구들과 함께 있을 때 보이던 장난기는 전혀 없었다. 결이의 원래 모습을 지금에서야 알게 된 것 같았다. 진지하고 사려 깊은 이의 목소리로 결은 오전에 갔던 교회에서 들었던 두 사람의 강연 얘기를 꺼냈다. 한 강사는 선교사 활동을 하는 사람인데 말을 잘하지 못한다고 고백한 후 질의응답으로 이야기를 이끌어 나갔는데 오히려 그게 새롭고 좋았다고. 다른 강사는 강의를 많이 해본 사람이라 그런지 말을 유창하고 재밌게 이야기하는데도 어째 별로 좋아 보이지 않더라고 말했다.

앞 테이블에는 아이 둘을 동반한 부부가 들어온 지 얼마 되지 않아 각자 한 그릇의 짜장면을 먹고 있었다. 잠시 후 네 명의 가족은 서로에게 한마디 말도 없이 일어서 식당을 나갔다.

식구들이 와서 짜장면만 먹고 가는 사람들은 아마 자신의 추억 때문일 거야. 요즘 아이들은 짜장면 안 좋아할 수도 있어. 난 어릴 적 처음 먹어보고 세상에 이렇게 맛있는 음식이 있었나 했는데.

말하는 결이의 모습이 사진 속의 표정과 겹쳤다. 아내와 어깨를 맞대고 한곳을 바라보며 셔터를 누르는 순간이었을 터였다. 저렇게 웃고 있었다. 그들 뒤로 나란하게 늘어선 벚나무는 꽃이 모여 이루어진 몸집 커다란 꽃송이로 가득했다.

아버지가 만들어준다고 반죽을 하셨는데 아무리 치대도 면발이 제대로 안 되니까 밀가루를 또 넣고 또 넣고. 그래서 반죽이 산 만해졌어.

결이 산 만해진 반죽을 손으로 둥그렇게 그려보았다.

아빠. 언제 돼요? 물었더니 사내놈이 그것도 못 기다리냐며 화를 내시곤 반죽을 던지고 나가셨어. 그리고 일주일 내내 수제비 칼국수 수제비 칼국수만 먹었다.

우리는 칼국수 수제비를 반복하여 소리 내며 함께 웃었다.

물어볼 말이 있다고 했지?

특별한 건 아니야. 천천히.

낡은 붉은색 벽돌 건물이 호텔 옆에 자리하고 있는 탓에 백 년 정도의 시간을 되돌아간 기분이었다. 다닥다닥 붙어 서 있는 오래된 5층 건물마다 철제비상계단이 외벽에 설치되어 있었다. 그 때문인지 균형을 이루지 못하고 뒤틀려 아귀가 맞지 않는 인상을 주었다. 원우들과 내가 머무르는 숙소는 킹스크로스 스테이션 근처에 있는 호텔이었다. 주변과는 어울리지 않게 화려한 겉모습이었지만, 내부 공간은 넓지 않고 소박했다.

숙소에서 나와 뮤지컬 티켓을 사기 위해 줄을 선 사람들을 지나쳐 코벤트 가든에 들러 골목을 구경했다. 애플마켓에는 예쁜 액세서리와 한눈에도 정성이 들어간 수공예품이 가득했다. 원우들 몇 명이 목걸이와 가방 등을 쇼핑하며 즐거워하고 있었다.

두 번째 수업은 보도 사진작가 그룹 매그넘에 관한 내용이었다. 국내에서도 '매그넘 인 파리'라는 제목으로 전시회가 열렸다며 누군가 관심을 보였다. 앙리 카르티에 브레송과 로버트 카파 그리고 조지 로저의 도록이 준비되어 있었다. 그가 하얀 셔츠의 소매를 반쯤 걷어 올리며 말했다.

매그넘을 설립한 로버트 카파의 사진에서는 화약 냄새가 났습니다. 죽음의 조각이 카메라에 들러붙기도 했다는군요. 종군기자답게 그의 죽음도 사진의 한 장면이나 다름없었습니다. 한 손엔 카메라를 들고 한쪽 발은 지뢰를 밟은 채 군인들의 뒷모습을 마지막으로 찍고는 지뢰가 폭발하는 장면 속에서 사라졌으니까요.

오늘 수강하는 원우는 모두 다섯 명이었다. 사진 잘 찍는 방법이나 잘 찍히는 노하우 같은 제목의 강의에는 수강생들이 많은 편이지만 기록 사진에 관하여 설명하는 시간엔 사람이 별로 없다. 누군가 카파이즘에 관해 물었다. 로버트 카파 같은 전쟁 사진가의 기자 정신을 뜻한다는 말과 함께 에스파냐 내란 중에 총탄을 맞고 쓰러지는 병사를 찍은 사진에 관해 설명했다. 그 처절함을 묘사하는 그의 목소리는 숙연했다.

실제 사건의 기록이면서 작가의 시선이 보이는 사진은 보도와 예술이 하나로 합쳐 있는 것 같아요.

사진작가가 사진을 찍을 때 한쪽 눈을 감는 이유는 마음의 눈을 뜨기 위해서다. 돋움체의 글과 함께 스크린에는 앙리 카르티에 브레송이 찍은 인물 사진이 나타났다. 카뮈와 사르트르의 사진이었다. 나는 유심히 사시가 심한 사르트르의 오른쪽 눈을 바라보았다. 사르트르는 그러한 이유로 보는 일을 혼자 맡았던 왼쪽 눈을 실명했다는 설명이 이어졌다.

살가두의 제네시스에 관해 설명해줄 수 있나요?

노동에 경의를 표한다는 뜻으로 제목을 인간의 손이라 정하고 이야기를 구상한 살가두에 관심이 많았다는 누군가 그에게 물었다. 노동의 현장을 뛰어다니며 그들의 모습을 카메라에 담던 살가두는 언젠가 노동자들 사이에서 유난히 하얀 자신의 피부색을 불편하게 의식했다는 일화와 그들이 맡은 일과 입고 있는 작업복이 그들의 이미지를 만들고 있음을 발견했다는 이야기도 들려줬다.

세바스치앙 살가두의 제네시스 프로젝트는 환경 프로젝트입니다. 인물 사진만 찍던 그가 지구촌 곳곳에 아직 남아 있는, 그러니까 훼손되지 않고 원래의 모습을 간직하고 있는 자연을 기록하게 된 이유가 무엇일지 저도 궁금했습니다. 어쩌면 갈라파고스 제도에서 만난 자이언트 거북 때문이 아니었을까요. 거북이를 찍기 위해 그는 거북이 자세로 온종일 기다려야 했거든요. 멀리서 기다리는 일이 그에게는 생소한 경험이었을 것입니다. 그러다 가까이 다가가 기다릴 수 있게 되었을 땐 그것만으로도 가슴이 벅찼을 테지요. 카메라를 들이대는 그에게 마침내 거북이가 자리를 내어주었을 때는 어떠했을까요.

기억의 조각이 하나하나 채워지고 있는 듯했다. 내가 사진을 찍으려 하자 결은 화면을 바라보지 않고 등을 돌렸다. 물어볼 말이 무엇이었는지 이제 기억난다고 했을 때 결이 나를 바라보았다.

세상엔 사진을 남기는 사람과 사진을 없애는 사람이 있는 것 같아.

열두 살 결이가 사진기를 들고 집 앞에서 기다리는 동안 나는 방 안에서 언니가 사진을 태우는 모습을 바라보고 있었다. 그러지 말라고 말리다 언니의 한마디에 가만히 앉아 사진 속에서 사람과 마당의 화분과 하늘을 녹이며 타들어가는 불꽃을 지켜봤다. 언니의 초등학교와 중학교 졸업식 사진이며 옆집 아저씨가 처음 장만한 고가의 카메라로 마당에 언니와 나를 앉혀놓고 찍은 사진과 외갓집에서 함께 장난하며 찍은 사진도 사라지고 있었다.

언니는 자신의 모습이 싫다고 말했다. 누군가의 악력에 머리채가 잡힌 채 끌려다니던 언니의 머리는 사자의 갈기처럼 부풀어 있었다. 눈동자가 매를 맞으면 흰자위에 멍이 들 수 있다는 것을 나는 알게 되었다. 죽어버릴 거야. 이렇게 살고 싶지 않아. 넌? 언니가 물었다. 가출해서 그래. 그래서 혼이 난 거야. 내가 말했지만, 그건 아니었다. 언니는 살기 위해 가출했던 거라는 것을 나는 알고 있었다. 국그릇에 타놓은 농약을 뒤집어 엎어놓고 나는 밖으로 도망쳤다. 언니가 매를 맞고 욕을 들으며 견디는 것을 바라보는 것보다, 누군가 모질게 화를 내고 비명처럼 소리를 지르는 것보다 더 겁이 났다. 매를 맞은 눈으로 언니가 응시하고 있을 세상이 한없이 두려웠다. 문밖에 있던 결이가 뛰어가는 나를 따라 뛰었다. 두 손으로 잡은 투박해 보이는 폴라로이드 카메라가 반짝이고 있었다.

해가 저물어 길에 그늘이 내려앉았다. 조금 더 걷다 보니 어둠 속에 길이 묻혔다. 그래도 우린 줄곧 걸었다. 가장 보고 싶은 표정은 아내가 무엇을 하던 순간이었는지. 그 순간 너와 나누던 대화며 함께 느끼던 계절에 관해 물어보려 했다고 말했다. 그제야 결은 누군가를 잃어버린 표정이었다.

결이에게 너는 어떤 마음으로 죽어가는 사람의 사진을 남기려 했는지 궁금하다고 말하지 않았고 기억하기 위해서라면 두고두고 자신을 괴롭히기 위한 일이 아니겠느냐고도 묻지 않았다. 지금 보니 네 사진을, 매일 업그레이드되던 사진들을 내가 너무 미화한 것 같다는 말도 그만두었다. 이 세상에 없는 사람이 네 곁에 있는 사진 속에는 죽음의 징후도 간절한 바람도 보이지 않았는데 사진이 어떻게 진실하지 않을 수 있는지 의아했다고 털어놓지 않았다. 누군가를 잃은 표정이었지만 결의 눈빛은 고요했다.

나는 누군가의 죽음을 떠올리면 아무것도 할 수 없다고 고백하려다 그것도 그만두었다. 그날 불꽃 속에서 사라진 사진은 일상을 찍었을 뿐인데 아름다움은 충분하여 부족함 없이 슬펐다고 그래서 지금까지 즐겁거나 재미있는 일이 아무것도 없었다는 말도 숨겼다. 걷다가 그저 비가 억수같이 오는 날 우리가 함께 우산 쓰고 걷던 거 기억나느냐고 내가 물었다. 당연히 기억난다고 결이 대답했다.

우리가 둘이 처음 만난 날도 기억해?

초등학교 5학년. 그때 너에게 가까이 다가가기 힘들었어.

말하며 눈을 마주치지 않은 채 결이 조용히 웃었다.

그날 네가 사진기를 가져와 나를 찍었어.

맞아.

사진을 내게 주면서 그랬어. 넌 웃고 있는데도 어째 슬퍼 보인다고. 나는 사실 그날 널 만나 무척 기뻤는데 말이야,

아버지가 즉석 사진기를 사오셨는데 너의 모습을 찍고 싶었어.

왜?

글쎄. 넌 볼 때마다 얼굴이 달라졌거든. 변하기 전에 그 얼굴을 찍어서 너에게 보여주고 싶었나 봐. 넌 네 얼굴을 모를 것 같았어.

내가 그럴 거라는 걸 어떻게 알아?

네 얼굴을 나도 자꾸 잊어버리고 느낌만 남았으니까.

결이에게 네가 폴라로이드 사진기로 나를 찍던 날 나는 누군가를 잃을지 모른다는 생각에 무척이나 두려웠노라고 그러다 네가 찍은 사진 속 나를 바라보았는데 조금은 안심이 되더라고 말했다. 다차원의 세상을 평면으로 표현한 것을 단순화시켰다고 말할 수 없으므로 그 사진 속의 인물은 순전한 나였다. 두려워 조바심내지 않는 내 표정이 마음에 들었는데 그 일이 내내 마음에 걸렸다고 말했다.

이제 알아. 나의 사진을 찍을 때 너의 마음이 어땠는지가 중요한 거야. 사진을 찍는 사람의 시선. 열두 살의 네가 찍은 나의 모

습은 진실과는 달랐지만, 그런 내 얼굴을 보자 두려움이 조금 진정되었던 것 같아.

결은 내게 그게 어떤 두려움이었는지 묻지 않았다.

지하철을 타고 이스턴 파크웨이 브루클린 뮤지엄 역에서 내렸다. 조금 걷다 보니 브루클린 미술관이 보였다. 과거에는 우범지대였던 이곳에 미술관을 지어 지역 발전을 도모했다는 사실과 미술계의 소수자인 흑인이나 여성 그리고 퀴어 미술에 관심을 기울이고 그들의 작품을 전시할 수 있도록 기회를 주었다는 설명도 들었다. 작은 분수와 공원 사이 유리 지붕의 석조 건물로 이루어진 브루클린 미술관이 보였다.

언젠가 이곳에 왔었어요. 그때 크리스 오필리의 전시가 있었는데 난리가 났었어요. 화제가 되어 뉴스에도 나왔는데 혹시 기억하세요?

원우 중 한 명이 물었고 모두가 어떤 난리였는지 궁금하다는 눈길로 바라봤다.

크리스 오필리의 〈성녀 마리아〉라는 작품이요. 마리아가 흑인이었어요. 그것까지는 괜찮았는데 캔버스 가득 포르노 잡지에서 오려낸 여자들 엉덩이 사진으로 도배가 되어 있었던 거예요. 신성모독이라고 말하는 사람들과 표현의 자유라고 말하는 사람들이 맞섰어요.

그래서 어떻게 되었나요?

심란한 표정으로 가만히 듣고 있던 누군가 물었다.

발칵 뒤집혀서 뉴욕시에서는 지원금도 중단하겠다고 전시를 취소하라고 위협했대요. 이상한 일은 그런 스캔들이 일어났는데도 관람객은 더 많아졌다고 하네요. 작가와 전시관이 오히려 유명해진 거죠. 참 아이러니하지요.

귀 기울여 듣고 있던 다른 원우가 말했다.

브루클린 미술관은 일관성이 있어요. 지금도 전시하는 작품들이 사회 이슈가 되는 것들이 많아요. 그리고 밤늦게까지 연주가 있기도 하고 댄스파티가 열리기도 한대요. 화제가 될 만하지요. 맨해튼의 주류 미술관을 따라 하지 않고 미술계의 소수자들에게 전시의 기회를 주었다는 건 높게 살 만해요.

브루클린 미술관 입구의 흰 가벽에 전시가 안내되어 있었다. 잉카 쇼니바레의 특별전이라고 쓰여 있었다. 나이지리아 출신 부모를 가진 영국 작가로 2004년 영국의 터너상 수상자라는 간략한 약력이 달려 있었다. 전시장에는 강렬하리만치 화려한 색상의 옷을 입은 마네킹들이 진열되어 있었다. 그런데 모두 머리가 없었다.

한 작품 앞에서 나는 발길을 멈추었다. 아름다운 의상을 입은 사람 형상의 여자 둘이 얼굴과 머리가 없는 채로 서로를 향해 칼을 겨누고 있었다. 〈한 번에 두 개의 머리를 날려버리는 방법〉이라는 제목에 더욱 기괴함이 느껴졌다. 서로의 칼날에 지금 막 목이 잘려나간 것 같아 나도 모르게 바닥에 떨어져 있을지도 모르는 얼굴을 찾아 고개를 이리저리 움직였다. 그네를 타는 사람의 모습과 개를 산책시키는 머리 없는 여자도 있었다. 다시 보니 개가 아니라 표범이었고 제목은 〈표범과 함께하는 유한마담〉이었다.

가장 충격적인 작품은 〈정사와 범죄적 대화〉였는데 영국과 유럽의 상류층 자제들의 등용문과 같았던 그랑투어라는 유럽여행을 인용한 것이라는 설명이 붙어 있었다. 공중엔 마차가 걸려 있고 바닥에는 마네킹들 사이로 나무 또는 가죽으로 만든 여행 가방이 놓여 있었다. 또 그렇게 화려한 의상의 머리 없는 사람 형상의 마네킹들. 그들은 둘씩 짝을 지어 갖가지 변태적인 자세로 섹스를 하고 있었다.

내가 옷을 벗는 동안 결은 맨몸으로 침대 위에 걸터앉아 있었다. 스무 살이 되던 해였다. 단단하게 발기되던 성기를 바라보며 내가 느꼈을 혐오를 결은 짐작하지 못했다. 어렸던 우리는 성인이 되는 날을 기다렸고 아주 특별한 일이 일어날 것을 미리 알아

챘다. 혀가 얼마나 미끄러운지 알아? 오래전 어느 날 아이의 눈으로 결이 묻던 날 우리는 약속했다. 서로에게 성인이 된 모습을 보여주자고.

서산이 주홍빛으로 물들기 시작할 때 걷기 시작하여 검은 하늘이 될 때까지 걸으며 그 약속을 잊었다고 말하면 결이가 어떤 표정을 지을지 생각했다. 곁에서 말없이 걷고 있는 결을 바라보자 사진은 시간을 정지하는 것과 같다고 말하며 폴라로이드로 찍은 나의 사진을 건네주던 그날이 떠올랐다. 한 아이가 아직 살아 있고 스스로 보살펴야 했던 그 아이들이 자신의 사진을 없애면서 어떤 기억을 잘라낼 수 있다고 믿었던 그날. 시간이 정지한 그날로 돌아갈 수 있다면 나는 결이와의 약속을 지킬 수 있으리라고 생각했다,

우리는 서로의 시선이 닿는 곳을 잠시 감추기도 하고 드러내기도 하며 호기심과 놀라움으로 눈을 감았다가 뜨고는 다시 감았다. 혀가 얼마나 미끄러운지 촉감하며 따뜻한 살 내음에 안심하다가 문득 부끄러움과 혐오로 몸서리쳤다. 그러다 잘라낸 기억을 떠올리고는 울었다.

모양이 달라. 나는 기다랗고 너는 동그랗다. 가출을 결심한 언니가 거울을 가져와 나와 자신의 성기를 바라보며 말했다. 꽃잎처럼 생긴 줄 알았어. 꽃잎 사이로 아기가 봉오리처럼 태어나는

줄 알았는데. 언니의 말에 나도 고개를 끄덕였다. 이렇게 징그럽고 이상하게 생긴 줄 몰랐다고 내가 울먹이자 좀 전까지 자신의 성기를 골똘히 바라보며 난감한 표정을 짓던 언니가 나의 등을 도닥였다. 자리 잡으면 연락할게. 넌 어른들 말 잘 듣고 있어. 힘들고 아플 때 전화하고. 부탁인데 보고 싶다고 전화하지는 말아라. 그렇게 말하며 언니는 어른처럼 가만히 웃었다. 셔터를 누르듯 눈으로 찍은 그 모습이 내게는 사진처럼 남았다. 눈이 내리는 너무 조용한 겨울이었다.

스무 살이 된 나에게 너는 이제 내 꺼야, 나는 네 꺼. 징그럽고 이상하게 생긴 게 뭐라도 되는 양 사뭇 진지하게 말하는 결의 시선을 피하고 나는 눈물을 닦으며 웃음을 터뜨렸다. 해맑은 얼굴로 유치하고 오글거리는 그런 말을 아무렇지도 않게 하던 스무 살의 결이에게 내가 무슨 말을 했는지 기억나지 않는다. 다만 무언가를 잃어버리고 언제 어디에서 없어졌는지 돌아온 길을 되짚어가는 나를 물끄러미 바라보던 결의 표정이 기억날 뿐이다.

아주 사소한 일상이 떠올라. 사진이 아니더라도 내 눈으로 찍은 아내의 모습이 생각나는데 신기하게도 그때 계절 냄새가 난다.

내 물음에 결은 이렇게 대답했다.

아이가 그 계절에 세상을 볼 수 있는 유일했던 열쇠 구멍이 렌

즈가 된 거겠지요. 그의 세 번째 강의였다. 헥토르 가르시아가 찍은 최초의 사진은 열쇠 구멍을 통해 바라본 거리였습니다. 어린 아들을 방에 두고 매일 일을 나가야 했던 엄마가 헥토르를 침대에 묶어놓았기 때문입니다.

자신을 가장 신뢰하는 순간, 셔터를 누르는데 위험을 감수해야 한다는 것을 아는 순간이기도 하다고 그가 말했다. 자신이 찍은 장면이 위험을 감수해야 할 만큼 부정적인 것인지 아니면 찍고자 하는 대상이 되지 못한 장면 밖을 영영 잃어버리는 위험을 감수하는 것인지. 그에게 묻고자 했으나 나는 말이 나오지 않았다.

셀프 포트레이트를 아십니까?

카메라 뒤에서 대상을 바라보던 사진가가 자신의 카메라 앞으로 나오는 겁니다. 인물 사진을 찍기 위해서는 삼각대에 카메라를 장착하고 구도를 잡아 초점을 맞추고 노출을 조정하는 과정이 필요합니다. 그런 후 대상과 표현하고자 하는 빛을 관찰하며 셔터를 누르는 순간을 기다립니다.

잠시 침묵하던 그가 말을 이었다.

이 과정이 없다고 보시면 됩니다, 언제 결정을 내려야 하는지 알 수 없으므로 그럴 땐 무언가를 포기한 기분이 들기도 합니다. 자신의 모습을 전혀 모르니까요. 빛과 공간 그 밖의 질감이나 색 모든 것 또한 우연에 맡겨야 합니다.

그가 나를 향해 걸어왔다.

우연히 만나게 되는 사람들. 우연히 가게 된 곳. 거기에 우연히 찍힌 나의 모습이 있을지도 모릅니다, 그들 눈 속에요. 때로는 그들의 배경이 되어도 좋겠지요. 풍경처럼.

나와 그의 눈이 마주쳤다.

수업을 마칠 시간이 된 것 같아요. 혹시 질문 있나요?

나도 모르게 조급함이 일어 잠시 창밖으로 눈길을 돌렸다. 매맞은 눈으로 언니가 나를 바라볼 때면 그 얼굴에 무늬가 생겼다. 아물지 않아 흉터로도 남을 수 없는 무늬였다. 언니는 이따금 뿌리가 드러나 살아내는 일이 어렵게 되어버린 나무처럼 서 있곤 했다. 눈동자에 매를 맞은 이는 오랜 시간이 지나도 그런 서로를 알아볼 수 있었다. 나는 고개를 돌렸다. 내 눈으로 찍은 장면이 있는데 가끔은 그 사진을 잊고 싶은 순간이 있다고 말했다. 어떻게 해야 하는지를 그에게 물었다. 내가 생각해도 뜬금없고 모호한 질문에 그가 대답했다.

모든 것을 원래 자리에 놔두고 바라보면 무수한 빛이 실어나르는 기억이 있겠지요. 또 그렇게 가만히 바라보다 언제 셔터를 누를지는 당신이 결정하는 겁니다. 다시.

조금 더 가까이 다가온 그가 손을 들어 나를 가리켰다. 스크린 화면이 꺼진 실내는 조명을 켜지 않아 창으로 들어오는 빛이 전부였다. 그 빛이 베푸는 다채로운 색감에 모든 것이 시시각각 변하고 있었고 앉아 있는 사람들의 모습 위로 무수한 빛이 떨어졌다.

손을 잡고 누워 언니의 얼굴을 바라보았다. 우리의 이불 속에는 손바닥이 노래질 때까지 까먹던 귤 향기가 가득했다.

* 이 글은 아래의 도서를 참고하였습니다.

샬럿코튼, 권영진 옮김, 『현대 예술로서의 사진』, 시공아트, 2007
세바스치앙 살가두·이자벨 프랑크, 이세진 옮김, 『세바스치앙 살가두, 나의 땅에서 온 지구로』, 솔빛길, 2014
조이한, 『뉴욕에서 예술 찾기』, 현암사, 2011

천장지비(天藏地祕)

공이는 이곳에서 남자의 시신을 처음 보았다. 다른 자리에 비해 낮은 이 층이었으나 키 작은 공이에게는 계단에 발을 디딜 엄두가 나지 않을 만큼 높은 곳이었다. 누군가는 지붕과 반자 사이의 공간에 들인 다락방이라고 불렀으나 박씨는 천장지비(天藏地祕)의 터라 여겼다. 하늘과 땅속에 감추어져 드러나지 않는 염원과도 같아 환생을 이루기에 모자람이 없고 산천의 이로운 기가 머물러 유골을 묻으면 노랗게 황골(黃骨)이 되어 수천 년까지도 형태가 변하지 않을 곳이라고 믿었다.

방문을 열면 손길이 닿지 않는 문의 위쪽으로 화판이 지붕의 안쪽을 가리고 천장에서 벽면으로 연결되는 모서리에는 풍(風)의 기운과 뢰(雷)의 기운을 품고 있다는 깃털 장식의 화살이 걸려 있으며 그 아래에는 목검임에도 예리하게 날이 선 긴 검이 놓여 있었다. 물줄기에 바위가 갈라지는 연유는 물의 힘이 아니라 잦은 흐름이므로 변화와 돌파의 상징물들은 늘 그 자리에서 기운을 내고 있었다.

공이는 이따금 고개 돌려 방 끄트머리에 누워 있는 남자를 바라보았다. 부푼 몸피가 물러지고 있는 듯 보였는데 이런 모습은 난생처음이었다. 남자는 이 사이로 침을 뱉을 줄 알았고 싸움판이 벌어지면 대수롭지 않게 끼어들었으며 술을 마시고는 십 리 밖까지 들리도록 노래를 불렀다. 무리하여 힘을 쓰느라 진종일 바빴고 뜻대로 이루어지는 것이 없을 때 남자는 주먹에 힘을 주며 자주 과격해졌다. 이렇듯 조용한 모습은 공이에게 낯설기만 했다.

"다시 살아날 거야."

박씨는 남자가 환생한다고 했다. 쌀 위에 수저를 꽂으며 불러들인 그분이 알려주기라도 한 것처럼. 그녀에게는 그분이 오신다고 했다. 울긋불긋한 옷으로 갈아입고 정성스레 상을 차린 후, 두 팔을 벌려 허공 위에서 거듭하여 원을 그리다 두 손바닥을 마주 비비며 모시는 그분은 불과 얼마 전에 왔고 박씨는 기다리기라도 한 사람처럼 극진했다. 그녀는 밥주발의 뚜껑을 뒤집어 엎고는 오목한 뚜껑에 쌀을 소복이 넣은 뒤 그 쌀알 위에 수저를 꽂았다. 수저가 꼿꼿이 서면 마침내 그분이 오신 거라고 했다.

박씨는 아침이면 영사(靈砂)를 곱게 갈아 기름에 개어 괴황지에 글씨를 썼고 저녁이면 수호부를 제외하고 벽에 붙였던 그러한 종이를 떼어내어 불에 태웠다. 그러고는 타고 남겨진 회색빛의 재를 물에 타서 남김없이 마셨다.

"몸이 아프겠네. 이사해."

박씨의 말에 아픈 사람들은 이사 준비를 했다.

"동쪽에 가면 귀인(貴人)을 만나겠어."

이 한마디에 누군가와의 만남을 소원하며 사람들은 동쪽으로 마음이 움직였다. 찾아온 이들은 그분이 오신 그녀의 말을 귀에 담아 집으로 돌아가 오랫동안 들었다. 간혹 수저가 서지 못하고 고꾸라지는 일도 있었는데 그럴 때 박씨는 할 말이 없다며 손님을 돌려보냈다. 그분이 오지 않았으므로. 사람들은 그분의 지지에 버티듯 수저가 꼿꼿이 서는 것만으로도 안도했다.

동쪽을 향하여 정수(淨水)를 올린 박씨가 버선발을 번갈아 바닥에 내려놓으며 공중으로 뛰어오르는 하루하루의 순간, 공이는 쪼그리고 앉아 그 모습을 바라보았다. 그녀는 이를 딱딱딱 세 번 마주치고 팔을 아래위로 흔들며 춤을 추곤 붉은 글씨가 쓰여 있는 종이를 방 벽과 바닥에 덕지덕지 붙였다. 뜯긴 도배지 위에도 장판 아래에도 새로운 종이가 붙었다 떼어지고는 했다. 종이는 회화 꽃과 열매를 다려 얻은 염료에 한지를 넣어 만든 괴황(槐黃) 지이기도 했고 누런빛이 도는 창호지일 때도 있었다.

박씨가 버릴 물건을 번쩍 들면 공이는 그녀의 팔목을 잡고는 했다. 산 지 얼마 되지 않은 신발이나 옷가지들, 그리고 종이쪽에 불과한 신문 더미들이었다. 박씨는 자주 세간을 뒤져 집에 있는 물건을 내다 버렸다. 무언가 채우면 무언가는 반드시 비워내야 하는 이치라고 했지만, 더욱 서두른 이유가 있었다. 물건과도 인연이 있는데 잘못된 인연은 자칫 화를 불러올지 모른다고 생각했다.

"버려야 해."

잡힌 손목을 비틀어 빼며 그녀는 단호하게 말했어도 그와 같은 버림에는 박씨만의 조심스러움이 있었다. 신발은 절대 밤에 버리지 않았다. 신발을 잃어버리는 꿈을 꾸게 될까 염려스러운 까닭이었다. 그런 꿈은 이별을 암시하는 거라 말하며 그녀는 아침이 올 때까지 버릴 신발을 집안에 두었다. 이별보다 차라리 화를 감수하는 시간이었다.

공이는 부적을 지닌 도배지와 장판 위를 손바닥으로 쓸다 고개를 들었다. 낮은 외짝 장롱 그 곁에 성냥 박스가 장에 기대어 되는대로 쌓여 있다. 성냥공장이 문을 닫아야 했을 때 남자가 등

짐으로 가져다놓은 것이었다. 벽에는 알록달록한 옷 두 벌이 나란히 걸려 있고 옷 저고리 부분은 보라색 보자기에 감싸 있다. 그 아래 둥근 요강이 보인다. 하얀 도자기에 초록색의 잎사귀 두 개가 그려져 있다.

새벽녘 공이는 어렴풋이 들리는 울림에 눈을 떴다. 박씨가 요강 위에 앉아 있었다. 정성 들여 말아놓은 헤어롤이 그녀의 머리 끝자락에 간신히 매달려 있다. 마음이 간지러운지 공이가 가슴께를 긁으며 박씨 머리에서 덜렁거리는 그것을 잡아당기는 상상을 했다. 자기 전 그녀는 동그란 헤어롤에 머리를 돌돌 말았다. 앞머리와 옆머리는 물론이고 뒷머리 한 가닥까지 빠짐없이. 밤에 잠을 자다 깨는 날이면 그녀를 살피곤 했다. 저런 걸 머리에 달고 어떻게 잘까 하는 의구심이 들었으나 해바라기의 꽃잎처럼 펼쳐진 헤어롤 사이로 잠든 박씨의 얼굴은 단잠에 들어 있는 듯 표정에 꿈결이 살아 있었다.

잠이 덜 깬 눈으로 갓밝이 비쳐드는 창문을 보는가 싶더니 박씨가 다시금 눈을 감는다. 낡은 듯 희미한 빛줄기가 그녀의 콧잔등을 비추고 휘어진 빛은 이불자락에 닿아 있다. 사선으로 뻗어 있는 빛의 그물 안에 먼지가 고여 들고 한쪽 벽면이 그녀의 그림자로 어른거린다. 공이는 귀를 기울였다. 요즘 세상에 요강을 두고 사는 집도 드물겠지만, 박씨에게는 여간 귀중한 물건이 아니었다. 그녀가 한 손으로 입을 두드리며 하품을 하자 벽면에 걸려 있던 그늘이 양(陽)의 기운을 받은 듯 느리게 흔들리다 기지개를 켰다. 그녀의 목소리가 낮은 천장에 닿았다가 방 안에 퍼져 공이의 가슴에 미친다. 이불자락이 덮고 있는 발가락부터 머리카락 결까지 스며드는 느낌이 다사롭다. 이런 온기를 뭐라 표현하는지 공이는 알지 못해 머뭇거리다 바라보는 것을 멈추고 눈을 감았다. 사라지려는 것을 잠시 유예하는 것과 같았다.

박씨가 팔 안쪽을 긁다가 엉거주춤 일어나 다리에 걸쳐진 팬티를 올려 입고는 공이가 게슴츠레 뜬 눈을 두 주먹으로 비비는 사이 이불자락 위를 무릎걸음으로 걸어왔다. 파고들려고 들추는 이불에 배어 있는 향냄새가 삶아진 고구마 냄새 같았는데 공이는 삶은 고구마를 언제 보았는지 떠올려 보아도 기억나지 않는다. 박씨가 남자와 공이 사이에 누웠다.

"좁아."

공이가 이불 안으로 들어가 몸을 웅크리며 중얼거렸다.

"그런 말 하는 거 아니야. 그럼 복이 나간대."

박씨는 남자에게로 가까이 몸을 붙여 공이의 자리를 더 내어 주었다. 공이는 자신이 왜 하필 그런 말을 했는지 불안하여 그 말을 떨치려 하지만 자꾸만 되살아나 입에 머물렀다.

청소할 때는 복을 밖으로 내보내지 않기 위하여 창가나 대문 쪽으로 빗질을 하지 말아야 하고 현관에서는 신발의 코를 집 안 쪽으로 벗어놓아야 하며 비는 나쁜 기운을 포함하고 있다 하여 우산은 집 밖에 두어야 했다. 하나씩 다시 떠올리다 물기가 고여 있는 젖은 수건은 어두운 기운을 몰고 오니 걸어두지 말라는 박씨의 말을 새삼 되새기며 자신의 가슴이 그녀를 향하도록 돌아누워 박씨의 젖가슴 위에 손을 얹었다. 그녀는 종종 몸을 가누지 못하고 비틀거리며 다락방으로 돌아왔는데 놀란 눈으로 쳐다보고 있는 공이를 껴안고 말했다.

"지쳐서 그런 거야."

그녀가 낯설거나 무서울 때면 공이는 그 말을 기억했고 낯설거나 무서운 건 그 때문이라고 나직하게 소리 냈다. 그녀의 숨기운과 함께 공이의 작은 손이 흔들리길 얼마 뒤 박씨가 나지막하게 잠꼬대를 한다. 운 맞이해.

며칠 전 남자가 왔다. 철거계고장을 들고 집을 나간 지 석 달 만이었다. 그분과는 다르게 남자는 형체가 있었다. 박씨는 돌아오지 않는 남자를 위해 매일 보이지 않는 그분을 불러들였다. 소복이 쌓인 쌀에 수저를 꽂은 채 남자의 거처와 건강에 관하여 여러 번 물었고 간절히 대답을 듣고자 했다. 남자는 집을 나가 있는 동안 여기저기로 뛰어다니며 무엇인가를 따지고 소리치다 막판에는 쌍욕을 입에 물고 울었다. 남자가 듣게 되는 말은 권리가 없다는 것, 그뿐이었다. 철거할 대상의 물건이 그에게는 없었고 손에 쥐고 있던 계고장마저 그의 것이 아니었다. 계약만료를 앞둔 시점에 다달이 세를 내고 있던 이곳에서 나가기만 하면 되는 임차인이었다.

남자가 할 수 있는 일이라곤 작업을 하던 굴착기와 주먹다짐을 벌이는 거였다. 그가 들고 있던 붉은 확성기는 그나마 힘을 준 주먹과 잘 어울렸으나 손짓 발짓을 하는 모습은 눈에 띄지 않을 만큼 세력이 없었다. 의지대로 할 수 있는 게 아무것도 없어 막무가내로 몸부림치던 어느 날 흙구덩이 속으로 떨어졌다. 병원으로 실려 간 지 열흘이 되던 날, 한 켤레의 신발과 함께 남자가 집으로 돌아온 거였다. 공이는 기다랗게 누워 눈을 꼭 감고 있는 남자의 눈꺼풀을 들어 올렸다. 박씨가 그토록 기다리던 남자를 만질 수 있어 다행이라고 생각하면서. 동공에는 뿌연 빛의 테두리만 남아 있었다. 때때로 남자의 얼빠진 표정을 얼굴에 담아보려 공이는 눈을 치켜뜨곤 했고 그럴 때면 눈이 아리게 시려 왔다.

"다시 살아날 거야."

그녀의 말을 떠올리며 공이는 남자를 흔들었다. 아버지.

잠에서 깨어난 공이가 그녀를 물끄러미 바라보았다. 어느새 박씨는 아침 화장을 하고 있었다. 탁. 성냥을 켜고 잠시 불꽃을 바라보다 훅, 하고 껐다. 아직 열기가 남아 있는 성냥대로 그녀는 속눈썹을 올렸다. 걱정스러운 표정으로 바라볼 때마다 그녀는 안심하라는 투로 공이에게 말했었다. 속눈썹을 파마하는 거야, 라고. 성냥의 황이 떨어지기 전, 성냥 대가 까맣게 숯이 되기 전에 그녀는 입술을 모으고 바람을 불었다. 그리고 검게 그을린 성냥대로 속눈썹을 살포시 올렸다. 성냥공장을 운영하는 남자를 만난 후부터 그녀는 화장할 때 나뭇가지의 불씨를 살렸다.

"꿈을 꿨어."

공이가 말했다.

"일어났어?"

박씨가 늘어진 목소리로 묻는다. 고개를 뒤로 젖히고 눈을 내리깔고는 눈썹을 파마하느라 여념이 없다. 거울을 멀리했다가 가까이하더니 얼굴을 바짝 거울에 붙여 바라보았다.

"불이 났어."

공이가 그녀의 머리 끝자락에 매달려 있는 헤어롤에 눈길을 두며 말했다.

"꿈에?"

손거울이 옆으로 기우며 눈이 휘둥그레진 박씨의 표정이 보였다. 그녀의 놀란 눈을 바라본 공이의 심장이 두근거린다.

"얼른 껐어. 내가."

안심시키려 서두른 공이의 말에 그녀가 입을 쩍, 벌렸다.

"그걸 끄면 어떡해. 훨훨 타게 놔둬야지. 운수대통 꿈인데."

그녀가 양미간을 찌푸리며 머리를 흔들자, 말아놓은 헤어롤이 제각각 덜렁거렸다.

"운수대통이 뭐야?"

공이가 물었는데 박씨는 거울을 툭 내려놓고는 심란한 눈으로 바라보고만 있다. 생각할수록 아쉬운 마음이 드는 모양이었다.

"이루어지는 거야. 원하는 게."

한동안 공이를 응시하다 대답했다.

남자는 여전히 자고 있었다. 남자의 가라앉은 가슴과 배가 어제보다 더 무르게 보인다. 공이가 부스스 일어나 요와 이불을 개어 삼단 장 위에 얌전히 올렸다. 남자에게로 먼지가 일지 않도록 조심하면서. 그러곤 고개를 숙이고 앉아 방바닥에 떨어진 머리 칼을 손바닥으로 쓸어모았다.

"끄지 말았어야 하는데."

박씨가 손거울을 들여다보며 다시금 중얼거렸다. 아침 햇살로 눈이 부신 창문을 등지고 공이는 앉아 있었다.

사각 보에 덮인 밥상을 올리고 박씨가 문을 닫았다. 다락방 문이 닫히자 창문이 덜컹거린다. 방 한쪽 벽면에 등을 기대고 앉아 공이는 아까부터 남자를 바라보고 있었다. 그는 한사코 잠만 자고 있다. 그녀가 혹시 가망 없는 것을 바라는 건 아닐까. 그래서 남자가 오히려 잠에서 헤어 나오지 못하는 건 아닌지 공이는 염려한다.

"있는 사람은 목에 힘주고 없는 사람은 주먹에 힘을 준대요."

성냥공장의 기계가동을 중단한 후, 몇 달 뒤 그녀가 밥을 먹다 한 말이었다. 그녀의 말에 남자가 수저를 내려놓았다. 누군가의 얼굴을 흠씬 때리고 돌아온 남자가 상대방의 무례하고 예의 없는 행동에 관해 설명하면서 이상하게 생긴 사람의 얼굴을 묘사하는 중이었다. 공이는 맞을 짓을 할 만큼 웃긴 사람에 관해 남자가 계속 얘기하기를 바랐다. 그러나 남자는 이야기를 멈추고 밥상을 둘러 엎고는 빈손을 펼쳐 허공으로 쳐들었다. 박씨는 눈앞에 벌어진 상황을 받아들일 수 없는 눈치였다. 그날 남자는 주먹 안에 철거계고장을 구겨 들고 집을 나갔다.

맞아. 공이는 확신하고 가슴을 쓸었다. 차마 눈을 뜨지 못하는 거야. 그러나 오래도록 맥을 잃고 누워 있는 남자에게서 아무런 기척도 느낄 수 없다는 게 공이는 언짢다. 삼단 장의 맨 아래 서

랍에 손을 넣어 밑바닥을 휘적거렸다. 박씨가 읽곤 하던 편지를 꺼내 들었다. 이미 수백 번 읽어보았지만, 글 속에서 느껴지는 생기가 공이는 날마다 새로웠다.

　매일 오늘입니다. 그러나 어제와 다른 오늘입니다. 바람의 흐름이 다르고 내리쬐는 햇살의 눈부심이 다릅니다. 하늘이 품고 있는 구름의 형상이 다르고 땅에 피어난 꽃들의 향기가 다릅니다. 세상 어딘가는 여름 내내 해가 지지 않으며 겨우내 해가 뜨지 않는 곳도 있다 들었습니다. 아마 그곳의 변화도 오늘은 어제와 사뭇 다르겠지요.

　바람이 불고 비가 오는 일. 그 안에서 나무가 휘어지거나 새가 날아오를 수 없는 일마저 세상을 지속하기 위한 자연의 일이라면 그 고집스러운 호의도 어제와 다를 것입니다.

　당신을 사모합니다. 파라핀을 입은 나뭇가지가 한 개비씩 간격을 두는 그 사이로 당신을 바라보았습니다. 원료인 붉은 황을 매달고 건조기로 이동하는 순간에도 당신과 눈을 맞추기 위해 애를 썼습니다. 당신이 고개 들어 나를 향한 눈길에 미소가 가득합니다. 그런 모습에 나는 사족을 못 쓰곤 합니다.

　당신을 그리는 이 마음 또한 어제와 다르겠지요. 더 깊어진 듯 더 짙어진 듯 가늠하기 어렵습니다. 견뎌야 할 연모의 심정도 분명 어제와 다를 것입니다. 이러한 오늘이 언젠가는 당신과 함께 할 내일이 될지도 모르겠습니다. 오늘은 괴로우나 내일은 행복하겠지요.

당신이 또다시 나를 바라봅니다. 힘든 마음 가시며 나는 재차 기쁩니다. 변화라고 하기엔 변덕스럽고 변덕이라고 하기엔 너무 찬란합니다. 가까이 다가가 아는 척할 수도, 멀리서 지켜만 볼 수도 없는 조바심으로 매일 오늘을 보냅니다. 고개를 살포시 기울이고 당신이 돌아섭니다. 나는 또 내일을 기다립니다.

글 속에서 남자는 주먹에 힘을 주고 있지 않았다. 그럼에도 무언가 단념할 수 없는 마음만은 굳세 보였다. 남자가 그토록 누군가를 원했다는 사실이 공이에게 야릇한 활기를 주었다. 세운 무릎 위에 두 손을 포개어 얹고 공이는 손 등에 턱을 올린 채 눈동자만 이리저리 움직였다. 외짝 장롱 옆에 옷가지가 걸려 있는 옷걸이가 보이고 서랍장 위에 개켜놓은 이불이 보인다. 이불에 놓인 자수의 초록 문양이 요강에 그려진 잎사귀보다 조금 더 크다.

"이사할 때 요강을 사면 복이 들어온대."

검은 비닐을 벌려 요강을 꺼내며 그녀가 말했었다. 깨질까 염려스러웠는지 그 아래에는 접은 신문이 두껍게 깔려 있었다. 이 사랄 것도 없었다. 지붕과 반자 사이에 들인 방은 흙을 의미하는 동북 방향에 놓여 큰 변화를 이루는 힘이 지속하는 방위라 여겼기에 공이와 그녀는 일 층에서 다락방으로 짐을 옮겼을 뿐이었다. 두 손으로 요강을 쓰다듬으며 그녀가 웃었다. 요강 위에 엉덩이를 까고 처음 앉았을 때 공이는 염려스러웠다. 그녀와 공이에게 복을 가져다주는 물건에 하지 말아야 할 짓을 하는 것만 같아 얼른 내려왔다.

불을 끄지 말았어야 했는데. 공이는 간밤의 꿈 생각을 하며 방바닥으로 잠잠히 엎드렸다. 일 층에서 수저가 바닥으로 떨어지는 소리가 들린다. 요즘은 무너진 담을 돌아 일부러 찾아오는 사람 외엔 오는 이들이 없다. 그분이 오신 그녀의 말을 귀에 담으러 왔으나 이 손님은 아쉬운 마음을 품고 그냥 돌아가야 할 거다.

작은 직사각형 이중창문의 창틀에 손을 얹고 힘을 주자 불투명한 안쪽 창문이 뻑뻑하게 열렸다. 오른팔을 유리창 사이에 끼워 넣어 손가락으로 바깥쪽 창문의 고리를 풀었다. 밖에는 추적추적 비가 내리고 있었다. 옆집 기와에도 마당에도 계단에도 비가 내린다. 앞집의 닳아빠진 슬레이트 지붕은 물을 머금어 색이 짙어졌고 그늘진 지붕 아래 몇 그루의 초목도 젖어 있다. 공이는 목을 길게 빼고 창문 가까이 얼굴을 붙였다. 고개를 약간 기울이면 골목 끝자락에 있는 큰길가가 보이는데 사거리 건널목엔 치킨집이 있고 맞은편엔 복지 부동산이 있고 대각선 방향에는 가

전제품 대리점이 있다. 그 앞에는 거대한 몸으로 언제나 춤을 추는 누군가가 있었다. 셔터가 내려진 대리점 앞에서 오늘은 음악도 없이 연신 몸을 흔들고 있다. 구경하는 사람도 없다. 허리를 한껏 구부렸다 펴고 머리를 숙였다가 젖힌다. 하늘 높이 팔을 들어 흔들고 어깨는 왼쪽 오른쪽으로 방향을 바꿔가며 기울었다. 바람에 흔들리고 흔들려 몸을 주체할 수 없는 것인지 알 수 없으나 부풀 대로 부푼 몸을 이리저리 움직여 춤을 추고 있었다.

치킨집 문에 빨간 글씨가 커다랗게 쓰여 있다. 영업금지. 복지부동산의 간판은 다른 날과 다르다. '복'자의 'ㄱ'자가 떨어져 나갔다. 부동산과 골목 사이의 담에도 빨간 글씨가 쓰여 있다. 철거. '거'의 'ㅣ'가 아래로 흘러내려 회반죽이 떨어져 나간 담벼락 아래에까지 이어졌다. 그 앞으로 어떤 행렬이 지나갔다. 몇몇 사람들은 무엇인가를 가리키고 나머지 사람들은 기록하며 대화를 나눴다. 저 멀리에는 무지막지하게 큰 갈퀴가 달린 차도 보였다. 여전히 누군가는 붙들린 몸을 휘적거리며 춤을 추고 있었다. 허공으로 솟아오를 것처럼 힘차게 몸을 세우다가 발목이라도 잡힌 양 고꾸라지듯 상체를 굽혔다. 그러고는 이내 굽어진 상체를 곧추세우고 팔을 흔들어댄다. 내리는 비도 아랑곳하지 않았다. 공이는 다소간 바라보고 있었다. 머리와 가슴 구분 없는 몸통은 매번 꺾이고 뒤틀렸다.

"남쪽에 거울을 걸어. 귀신이 들었어."

아래층에서 들리는 그녀의 목소리가 거칠다. 수저가 밥주발에 부딪히는 소리가 들렸다. 손님은 겨우 한마디 듣고 갈 모양이다. 거울 안에 들어앉은 자신의 모습을 보고 귀신은 도망간다고 했다. 그 틀 안에 갇히는 건 아닌지 안달하다가 삶에게 버림받은 귀신은 떠난다고. 훨훨 날아다니다 머물고 머물렀다 사라지길 바라는 존재라서 그렇다고 했다. 때로 그녀는 귀신을 쫓는다며 말린 고추씨를 태우기도 했는데 매캐한 연기로 가득 찬 집은 하늘로 오를 것처럼 잿빛 기둥을 뿜어냈다. 주민은 소란을 떨며 화재신고를 했고 번번이 안도의 한숨을 쉬었다. 그리고 한동안은 별반 다르지 않은 일상 안에서도 감사한 마음을 가졌다.

공이는 오른팔에 단단히 힘을 주어 조심스럽게 창문을 닫았다. 그러나 공이의 주의에도 소리가 크다. 행여 깨지 않았을까, 아연하여 바라보지만 남자는 변함없이 자고 있었다.

향내를 풍기며 그녀가 계단을 올라왔다. 나무궤짝 돈 통을 옆구리에 끼고 있다. 벗어놓은 옷가지를 옆으로 치우고 앉아 그녀가 자물쇠를 비틀어 열었다. 요즘은 하루에 한두 손님에 불과하지만, 그녀는 꼭 돈 통을 부렸다. 그녀 곁에 공이가 붙어 앉았다. 가지런하게 모은 후 한쪽 무릎을 세우고 앉아 그녀가 돈을 센다.

돈이 한 장씩 넘어갈 때마다 공이는 고개를 움직였다. 다 세고 난 후, 그녀는 날짜 지난 신문 사이를 벌려 돈을 껴 넣었는데 착착 접은 신문은 그야말로 종이쪽에 불과해 보였다. 이유는 알 수 없으나 그녀는 소중하다고 생각하는 걸 쓰레기더미 안에 숨겼다.

"조금만 기다려."

그녀는 항상 공이에게 말했다.

"꽃밭이 있고 그 꽃밭 위에 그네가 있는 마당을 상상해봐. 햇살 가득한 이층집 마당."

그녀는 자신의 머릿속에 그린 그림을 공이에게 들려주었다. 그녀의 목소리는 기운이 났다. 소중한 걸 숨겼어도 그분이 허락하지 않을 때 그녀는 아무것도 고려하지 않았다.

"버리지 않으면 다른 걸 잃을지 몰라."

중얼거리고는 내다 버렸다. 기다리기 위한 일이라고 그녀는 말하곤 했다.

천장과 바닥 그리고 벽에 붙여진 괴황지가 자리에서 들뜨는 소리가 들린다. 귀신(鬼)과 나무(木)가 합쳐 만들어진 괴(槐)는 회화나무를 뜻했고 그 꽃과 열매로 염료를 만들어 물을 들인 종이에 부적을 쓰면 건강과 부귀를 가져오며 소원이 이루어진다고 했다. 종이가 벽과 틈이 벌어져 점점이 떨어지는 소리는 소원을 비는 중얼거림 같기도 했고 염원하는 바를 듣고 있다고 누군가 보내오는 몸짓으로 들리기도 했다. 그 소리에 귀를 기울이는 공이 옆에 그녀가 있고 그 곁에 남자가 누워있다. 음의 기운이 있고 귀(鬼)가 거주하는 북쪽으로 머리를 두고 남쪽으로 발을 두었다. 공이는 다리를 뻗어 창문 앞에 둔 요강과 발 사이의 거리를 가늠했다.

"여러 밤이 지났어."

공이가 말하자 그녀는 손가락을 입으로 가져가며 남자를 향해 고개를 들었다. "조용히 해." 남자는 아직 환생하지 않았고 이상한 냄새만을 풍겼다. 그 냄새는 그녀의 믿음보다 더한 기운을 품고 있었다. 낮은 천장의 형광등만 뚫어져라 볼 뿐, 그녀의 얼굴에는 아무런 표정이 없다. 공이도 천장에 시선을 모았다. 양쪽 벽에서 비스듬히 올라가 꼭대기에서 맞붙는 경사 천장이었는데 그녀는 그 가운데를 제외하곤 다락방에서 똑바로 일어설 수 없다. 언제나 허리를 굽히고 머리를 숙였지만, 간혹 천장에 머리를 부딪곤 했다. 그나마 천장이 단단하지 않은 게 다행이었다. 내일이면 자신의 머리도 닿을지 모른다는 생각을 하며 공이는 잠이 드는 날이 잦았다.

박씨가 옆으로 돌아누우며 이불을 머리 꼭대기까지 덮자 함께 덮은 이불자락이 끌려 올라갔다. 공이는 그녀의 등에 자신의 등을 붙였다. 등줄기와 엉덩이가 따습고 폭신했다. 공이의 얼굴만

빠끔히 나오고 머리 꼭대기까지 이불에 덮여 있다. 무엇이 느껴질까 봐 한동안 깨어 있던 공이가 눈을 감았다. 잠이 드는 흐릿한 겨를, 그녀의 몸이 흔들리고 있었다. 이불이 들썩거려 연신 찬바람이 들어오고 있다. 울면 복 나간다면서. 박씨를 말리고 싶었지만, 공이는 잠이 쏟아졌다.

다락 방문이 열리자 찬바람이 훅 들어온다. 신문으로 싸인 네모난 것들을 방에 턱 하니 내려놓은 박씨가 한 손에 망치를 든 채 그것들을 펼쳤다. 거울이었다. 공이는 누워 있는 거울 위에 자신의 얼굴을 비추었다. 창가의 빛이 거울 속에서 부서져 공이의 얼굴도 머리도 하얗다. 쾅. 쾅. 그녀가 벽에 못질한 후 사방에 거울을 걸었다. 거울 속에 공이가 보이고 그녀가 보이고 거울이 보이고 그 거울 속에 그녀가 보이고 공이가 보이고 거울이 보였다. 눈동자가 흔들려 공이는 눈을 감을 수밖에 없었다. 앉은 자리를 옮겨 더듬거리며 방구석을 돌고 돌다 눈을 떴을 때 그녀는 두 팔로 키가 큰 누군가를 안듯이 둥글게 원을 그리고 있었다. 창밖에서는 아침부터 들리던 요란한 소리가 지금까지 그치지 않고 들려왔다. 방이 흔들리자 모든 것들이 제자리를 떠났고 남자마저 구석으로 던져진 채 움츠러들여 있었다.

"어지러워."

공이가 말했으나 박씨는 꼼짝없이 허공 어딘가를 쳐다보고 있었다.

"괜찮아질 거야."

더 깊은 소음에 얼룩진 천장과 창문이 떨렸다. 바닥에 손을 짚으며 일어난 그녀가 소리치기 시작했다.

"어이, 물러가."

한쪽 발에 무게를 실어 바닥을 디디며 그녀는 몸을 앞으로 내밀었다.

"물러가."

노을의 붉은빛이 어른거리는 창가를 향해 소리쳤다. 누군가 세차게 뒤흔들어 놓은 것처럼 그녀의 머리카락이 엉켜 있었다. 주먹 쥔 손을 떨며 서 있는 그녀가 누구에게 소리치는 것인지 공이는 알지 못했다. 춤을 추는 누군가인지 갈퀴가 달린 굴착기인지 그도 아니면 조사하고 기록하던 사람들인지. 한참 악을 쓰던 그녀가 바닥에 주저앉았다.

"안 나가. 절대 안 나가."

머리를 흔들다 바닥을 향해 떨어뜨렸다.

"끌어내도 소용없어."

그녀의 말을 듣고 있는 공이는 졸고 있는 듯 고개를 기울였다. 지쳐서 그런 거야. 중얼거리고 중얼거렸다.

박씨가 남자의 기척을 살피다 얼굴을 물끄러미 바라보았다. 남자의 모습은 다락방에서 유리되어 그림자만 있는 것처럼 보였지만, 너무나도 분명한 냄새는 그림자의 것이라 할 수 없었다. 남자의 부푼 몸에서 물이 흘러내렸다. 마지막까지 버티던 자존심이 무너질까 봐, 어쩌면 자신의 얼굴을 유지하지 못할까 봐 그가 눈물을 흘리고 있는 것은 아닐까, 공이는 생각했다. 창문으로 소란스러운 빛이 스며들어 방 안이 어른거린다.

"새가 되었나봐."

공이는 근래 아침마다 하얀 꽁지 깃털을 부리로 다듬는 새를 보았다.

"그런 말 하는 거 아니야."

그녀는 엉킨 머리 그대로였다. 어둠이 내리자 요란한 소리가 잠잠해졌다. 그녀가 곁에 다가가 남자를 흔들었다.

"일어나봐요."

단단히 비끄러맨 그의 몸이 흔들린다. 더는 부풀거나 물러지지 못하게 그녀가 옷자락을 찢어 꽁꽁 묶어놓은 탓이었다. 남자는 팔을 가슴 위에 가지런하게 모은 채 흔들리기만 할 뿐이었다.

그녀가 서둘러 쌀알 담긴 밥주발과 수저를 가져왔다. 쌀알 사이에 수저를 세우려 하지만 떨리는 손가락 사이에서 미끄러졌다. 몇 번을 해도 수저가 서지 않자 그녀는 눈을 감고 한동안 꼼짝하지 않았다. 뜻대로 이루어지지 않은 듯했다. 그분을 맞이하면서 그녀는 희망을 품었고 심신을 의지했다. 남자가 환생할 거라고 알려준 그였으니까.

일 층으로 내려갔다가 계단을 올라오는 그녀의 손에 비닐봉지가 들려 있다. 바닥에 철퍼덕 앉아 봉지의 매듭을 풀었다. 심하게 묶여 있는지 손가락으로 애를 쓰다 입으로 가져가 봉지의 매듭 부분을 송곳니로 물어뜯었다. 연신 고개를 끄덕이며 단단히 잡아맨 마디를 풀려고 애를 쓰는 탓에 비틀어 말아 올린 그녀의 머리가 흐늘거렸다.

"풀지 못하면 모든 게 묶여."

미간을 찡그리며 검지를 입술로 핥다가 드디어 봉지를 벌렸다. 손을 넣어 주먹 한가득 뭔가를 움켜쥐고 꺼내는가 싶더니 공이에게 던졌다. 공이는 몸 여기저기가 따끔거렸다. 그녀에게서 도망치듯 떨어졌다. 방바닥에 한 알 한 알 떨어진 팥알이 몸을 굴렸다.

그녀의 눈은 빨갛게 충혈되어 있었고 얼굴은 얼룩덜룩 젖어 있었다.

"환생한다고 했잖아."

그녀가 소리치며 또다시 있는 힘껏 공이에게 던졌다.

"새가 되었을 리 없어."

공이는 몸을 웅크렸으나 팥 한 알이 목덜미에 맞았다. 눈물이 핑 돌 만큼 아프다. 공이는 두 손으로 머리를 감싼 채 내뱉었다.

"나도 알아. 새가 되었을 리 없다는 거."

박씨가 치켜들었던 팔을 맥없이 떨어뜨리며 움켜쥔 손아귀에 힘을 풀었다. 지친 기색으로 앉아있던 그녀가 좁다란 계단에 발을 디뎌 아래층으로 내려갔다.

공이는 벽에 기대앉아 무릎을 끌어당기고 세운 무릎 위에 두 손을 포개어 올렸다.

"운 맞이해."

일 층에서 그녀의 목소리가 들린다. 혼자 중얼거리는 것인지 마지막 손님이 든 것인지 알 수 없다. 다락방은 물론 동네 전체에 전기가 끊기고 이제 물조차 흐르지 않는다. 운 맞이. 운이 들어올 거니까 그만큼 대비하라는 뜻이었고 손님들이 가장 원하는 말이었다. 두려운 염려 따위 내려놓고 희망을 품게 된다고 했다. 원하고 바라는 것이 이루어지리라는 것을 믿고 기다린다고. 공이는 무릎걸음으로 남자에게 다가갔다.

우리 함께 살아갑시다. 아무리 애를 써도 나는 당신을 벗어날 수 없습니다. 곁을 내어주지 않는 당신이 하도 야속하여 흠을 잡고 화라도 내려 했지만, 나의 가슴은 당신의 노래만을 부르고 있습니다. 손에 물 한 방울 묻히지 않겠다는 흔한 약속은 하지 않으렵니다.

너무 먼 미래의 이야기일지 모르나 늙고 늙어 당신의 뼈마디가 부자연스러운 순간까지 당신을 사랑하며 당신의 잔소리를 들으며 곁에 있겠습니다. 당신과 한날한시에 죽어 그 길 또한 동행하려 합니다. 만일 내가 먼저 죽는다면 온 힘을 다해 환생하여 당신을 기쁘게 놀라게 한 후, 당신과 함께 꽃구경을 가렵니다.

성냥공장이 나날이 번창하고 있습니다. 목재도 가득 쌓아놓았습니다. 앞으로 당신을 위해 진귀한 화장품과 색 고운 옷을 마련하겠습니다. 당신과 나를 닮은 아이를 낳아 호강시키고 행복이 뭔지를 느끼게 할 겁니다.

성냥이 필요하면 언제든 말씀하십시오. 당신에겐 아까울 것이 없습니다.

사랑합니다.

사위가 고요하다. 자고 있는 박씨의 앞머리에 헤어롤이 덜렁 매달려 있다. 공이가 쪼그리고 앉아 그녀의 이마를 짚었다. 주름진 이마가 따뜻하다. 이제 그녀를 찾아오는 사람이 아무도 없다.

놋쇠 밥그릇에 얼룩이 늘어갈 뿐 수저가 꼿꼿이 서는 일이 드물었다. 창밖을 보아도 다리 사이에 꼬리를 끼고 어슬렁거리는 개들만 보인다. 그녀는 꿈에 불을 꺼버렸기 때문이라고 했고 동네에 귀신이 들어서 그런 거라고도 했다.

벽 아래에 누워 있는 남자의 검은 낯빛이 해쓱하다. 부풀어 오르는 일마저 물이 흘러내리는 것조차 멈추었다. 공이가 그의 버석거리는 머리와 메마른 얼굴을 만져보았다. 남자가 무슨 이야기라도 건네주길 바랐지만, 조용하다.

창문의 틀과 이음새에 먼지가 녹아 있어 어렵사리 문을 열었다. 옆집 기와가 바닥에 쓰러져 있고 반쯤 허물어진 담벼락은 위태롭게 기울어져 있다. 자욱한 먼지로 뿌옇게 보이는 사거리에 누군가 없다. 거대한 몸으로 연신 춤을 추던 누군가가 보이지 않는다. 어디로 간 걸까. 개 한 마리가 골목을 한 바퀴 돌고, 두 바퀴 돌고, 지금 세 바퀴째 돌고 있다. 무서운 거 같지는 않고 누군가를 찾아 헤매는 것 같았다. 또 다른 개 한 마리는 치킨집의 깨진 유리문에 코를 대고 있었다.

공이의 시선 안에 남자와 그 곁에서 곤하게 자는 박씨가 있다. 수저와 밥주발을 가져다두고 공이는 거울을 들여다보았다. 내게도 그분이 오실까. 남자가 환생한다고 알려준 그분이. 이사할 때 요강을 들이면 복이 들어오고 거울을 걸거나 팥을 던지면 귀신을 물리칠 수 있으며 때가 된 운을 맞이하라고도 알려주는 그분이. 공이는 묻고 싶은 말과 듣고 싶은 말이 많다.

뽀얀 분을 얼굴에 바르고 붉은색 립스틱을 뺨과 입술에 펴 발랐다. 탁. 그녀처럼 화장 마무리로 속눈썹 파마를 한다. 훅. 그을린 성냥대로 속눈썹을 살포시 올렸다. 성냥 대의 열기가 부족했다. 탁, 훅. 다시 한번 성냥에 불을 붙이고 입을 모아 바람을 불었다. 빨갛게 불을 감춘 성냥의 황이 이불 위로 떨어졌다. 너무 늦게 입바람을 분 모양이었다. 그나마 성냥대의 열기가 뜨겁다. 공이는 속눈썹을 올리고 거울을 가까이했다 멀리했다 하며 또렷해진 눈을 보았다. 이불 위로 연기가 오르며 붉은빛이 번져 벽에 걸린 알록달록한 옷으로 옮겼다. 공이는 밥주발의 소복이 쌓인 쌀 위에 수저를 꽂았다. 수저가 쌀을 흩트리며 바닥으로 쓰러졌다.

가늘게 눈을 뜬 그녀가 소스라치게 놀라며 벌떡 일어났다. "불이야." 짧게 뱉고는 손에 옷가지를 마구 잡았다. 그녀는 한 마리 새처럼 날개를 퍼덕였다. 양손에 옷가지를 들고 팔을 내저으며 덮어보지만, 불길은 휘어지며 이리저리 살아났다. 이윽고 장에 기대 쌓여 있는 성냥 더미에서 환하고 거센 불이 일어났다. 방 가득 섬광이 번쩍였다.

"이리 와." 옷가지를 내던지고 문 쪽으로 다가든 그녀가 공이에게 손을 뻗었다. 공이는 손을 뻗으려 하지만 불길이 사납다. 남자가 누워 있는 구석진 곳으로 몸을 옮겼다. 박씨가 허겁지겁 방문을 열어젖히고 손짓한다. "이리 와. 이리 와 제발." 문이 벌컥 열리자 천화판으로 불길이 불어나 흐른다. 깃털 장식의 화살은 찰나의 불빛을 발하다 사라지고 예리한 목검은 불 속에서 또 다른 불을 품은 채 붉게 날이 서 있었다.

그녀가 다급하게 손을 뻗으며 울부짖었다. 천장에 고이고 번지는 불을 바라보는 것 외에 공이는 아무것도 하지 않는다. 펄쩍펄쩍 뛰다 쓰러지고 다시 일어나 울부짖는 그녀가 연기 속에 모습을 감췄다. 종이쪽에 불과한 신문에도 곰팡이 낀 벽에도 장판 자락에도 불이 번졌다. 환생을 염원하는 글자들이 제 살을 태우며 날아가 훨훨 불길이 오르고 바닥엔 놋쇠 밥그릇과 뚜껑이 뒹굴었다.

기다려. 원하는 게 이루어지는 거야. 공이가 들릴 듯 말 듯 속삭이며 남자를 바라보았다. 안간힘을 내는 기색 없이 남자의 얼굴은 다만 눈과 코의 구분이 모질게 사라졌다. 박씨가 아침 화장을 하고 있을 때 공이는 그녀에게 말하려 한다. 불 꿈을 꿨다고. 불이 훨훨 타는 꿈을. 공이는 남자 곁에 앉아 아침이 오기를 기다린다.

무람없이 그의 이마에 앉아 있었다

이 사람은 누구지. 부인은 생각했다. 진종일 내리던 비가 그쳤는지 창밖으로 시선을 돌렸다. 비를 맞으면 머리에서부터 눈물이 흐른다고. 그래서 빗속을 오락가락하며 흠뻑 흘렸는데 다 비운 줄 알았던 눈물이 다시 가득 차오른다고 말하려 했다. 무럭무럭 연기를 피워 올리며 바닥에 떨어지는 빗소리는 가장 듣기 좋은 소리라고 알려주며 혹시 단 한 번이라도 귀 기울여 그 소리를 들어본 적이 있느냐고 물어보고 싶었다. 그를 다시금 바라보았다. 고요히 자고 있었다. 이 사람은 대체 누구일까. 부인은 방과 거실과 주방을 오가며 떠오르는 기억이 있을 때마다 멈춰 서서 밖을 내다봤다. 날은 이미 저물고 어둠 속에 비는 오지 않았다.

당신. 당신이었구나. 그를 기억하고 알아보는 순간, 부인은 친근함에 몸이 떨려왔다. 그 순간, 그것은 어김없이 나타나 있었다. 무람없이 그의 이마에 앉아 있었다. 예사롭지 않은 몸짓으로 음흉을 떨듯이 달싹이면서. 이골이 날 법한데도 부인은 새삼스럽게 화가 났다. 자고 있는 그의 곁에 앉아 숨을 죽인 채 팔을 위로 올리고 활짝 편 손가락엔 기운을 품었다. 죽일 수 있다고 생각했으며 절대 의심하지 않았지만, 부인은 치켜들었던 손을 조심스럽게 내렸다. 봐줄 마음이 있는 건 아니었다. 적절한 순간이라거나 괜찮은 방법이라고 할 수 없었다. 무슨 일이 벌어지려 하는지 그는 모를 테니까. 부인은 입안에 침이 고이도록 조바심이 들었으나 움직임을 삼가고 들여다보는 일에 집중했다. 그것은 하필 남편의 이마에 붙어 앉아 수작을 거는 듯도 싶고 부당한 이득을 취하는 듯도 싶다.

그는 여전히 자고 있다. 자신의 처지를 모르는 채 평온하게 잘 수 있다는 게 우습기도 하고 억울하기도 했다. 느낄 수 없는 것일까. 무딘 건지 무던한 건지 코까지 골고 있다. 코 고는 소리만 들어도 부인은 남편의 편안함과 불편함을 가늠할 수 있었는데 높낮이의 기복이 심하지 않고 내뱉고 들이마시는 호흡이 점잖은 것으로 그는 편안한 듯했다. 그렇다면 지금이 기회일지도 모른다. 남편의 이마를 후려친다면 그것을 잡을 수 있을 텐데. 부인은 못 견디겠어서 팔에 힘을 실었으나 또다시 주저하다 그만두었다. 놀란 나머지 그의 심신에 문제가 생길지도 모르고 그 바람에 어딘가로 영영 떠날지도 모른다. 부인은 그것의 행태를 주의 깊게 바라보며 다른 형편을 기약하는 수밖에 없다. 신중하게 지켜보는 일은 간단한 일이었으나 쉽지 않았다. 들숨과 날숨을 얕게 유지한 채, 자신 안의 소란을 자제해야 하는 일이었다.

그의 하얀 머리카락이 성긴 뜨개실처럼 널려 있고 콧구멍 사이로 회색 털이 비죽이 나와 있다. 조금 전에 생긴 듯 얼굴에 낀 주름은 몹시도 생경했다. 색 바랜 이불은 그의 허리께로 내려와 있고 쇄골이 맞닿은 지점의 골은 흥분이라도 한 것처럼 불그스레하다. 늘어진 발열 내복의 두께감이 없어서인지 남편의 왜소한 몸매가 적나라하게 드러나 있다. 탄탄하던 젖가슴도 복근도 이제 보이지 않는다.

기계체조 선수였던 그는 이게 도대체 몸이기는 한 건지 의심스러울 정도의 근육 무리를 달고 있었다. 그녀와 처음 만난 날, 그는 주 종목인 평행봉을 잡았다. 상체를 꼿꼿이 세운 채 다리를 평행봉과 나란히 두는 기술을 보여주며 그녀를 향해 씽긋 웃어 보였다. 학교 운동장 한복판에서 그녀는 그런 남자를 바라보며 차렷 자세로 오직 그 자세로만 서 있었다. 그는 몸으로 기역과 니은을 번갈아가며 쓰다가 허공에 다리를 들어 올리고 물구나무를 섰다. 시뻘게진 얼굴과 목, 그리고 팔에 불거진 핏줄은 곧 터질 것 같았는데 그렇게 위험천만한 순간에도 그의 표정은 진지하기만 했다.

그녀는 그에게 마음을 들키고 싶지 않아 웃으려 했으나 웃음이 나오지 않았다. 감탄하며 손뼉이라도 치고 싶었지만 땀이 찬 손바닥은 미끈거리고 힘이 없었다. 사실 웃음소리나 감탄사 같은 건 그 진지함에 어울리지 않는 소리였다. 그는 바닥을 향해 다리를 뻗고는 연속적인 스윙 사이에 매달리기와 버티기 자세도 보여주었다. 균형을 잡고 있는 몸의 모든 근육이 떨렸고 반듯한 자세를 유지하기 위해 견디는 그의 표정은 울음을 참는 얼굴과 비슷했다. 그 순간 남자가 오직 홀로 굳세게 보였으므로 그녀는 그가 고독하게 보였다.

부인은 온몸이 저렸다. 내복 바람에도 남편은 고독해 보인다. 근육 무리를 달고 있던 그때나 흔적을 찾아볼 수 없는 지금이나 마찬가지다. 그의 얼굴과 늘어진 내복과 배 위에 얹혀 있는 쭈글쭈글한 손, 색이 바랜 이불마저 묘하게 조화롭다. 세월은 이상하지만 나름의 격식이 있는 듯했다. 근육과 살이 여위어가는 동안, 한결같이 주어지는 하루처럼 그도 늘 그였음을 부인은 알고 있었다.

그것의 몸놀림은 그대로였다. 뒷다리를 달달 떨며 은밀하게 온몸을 들썩이고 있다. 잠시 앉았을 뿐인데 남편의 이마 주름 사이에 다리가 낀 것은 아닐까. 메마르고 거친 거죽을 뚫다, 빼도 박도 못한 지경이 된 것은 아닐까. 부인은 그것의 입장을 모르지만, 이런저런 가능성을 추측했다. 그러나 아무리 생각해봐도 여간 의문스러운 게 아니었다. 교미가 끝난 지 얼마 지나지 않은 상태에서 알들의 발육과 양분을 위해 흡혈하기에 남편의 이마는 적당해 보이지 않았다. 그는 정상이라고 볼 수 없을 만큼 늙었고 그래서 더는 내어줄 것이 없어 보였다.

쌍시목이야.

오래전 어느 날 새파랗게 젊던 그가 자신의 우람한 팔뚝을 바라보며 말했다.

한 쌍의 날개가 퇴화하고도 비행기보다 더 정교한 비행을 한대. 남은 한 쌍의 날개만으로 말이지.

팔뚝에 붙은 걸 내버려둔 채 그는 호기로운 표정을 보였다. 남자의 혈관에서 뭔가를 빨아대고 있는 것만 같은 그것의 모양새에 눈을 떼지 못하고 그녀는 마음을 졸였다.

어떻게 그럴 수 있는지 알아?

묻고는 그가 드디어 신속하게 손을 휘둘렀다. 혐오하는 거로 치자면 그렇게 끔찍한 것도 없었다. 그녀는 화들짝 놀라면서 동시에 안도의 숨을 몰아쉬었다.

남의 피를 양분으로 삼기 때문이야.

손을 뒤집어 보이며 그가 말했다. 뱉어낸 선혈 안에 그것은 바싹 눌려 있었다.

그의 피를 양분으로 삼으려 하고 있다. 지금 때리면 그만두게 할 수 있을지도 모르는데. 부인은 그때처럼 마음을 졸였다. 쉽게 가라앉지 않는 안달이 가슴을 뛰게 하였으나 아무리 생각해봐도 그럴 수 없는 노릇이었다. 요즘 들어 남편은 별것 아닌 일에도 깜짝 놀라고 그 놀란 가슴을 그녀 앞에서 서슴지 않고 쓸어내렸다. 밥 준비를 하려 불을 켜기만 해도, 씻으려 수도꼭지의 물을 틀기만 해도 큰일 난 사람처럼 허겁지겁 그녀 곁을 뛰어다녔다.

아침에 일어나 그가 맨 먼저 하는 일은 간밤에 부인이 오락가락하다 가스 불을 켜놓지는 않았는지, 문이라도 활짝 열어둔 것은 아닌지를 확인하는 일이었다. 목을 앞으로 빼 내밀고 그는 항상 그녀를 주시했는데 입을 다물지 못하는 얼굴에는 염려스러운 표정이 역력했다. 그런 남편을 마주할 때면 부인도 자연스럽게 겁을 집어먹고 그처럼 입을 벌린 채 늙어갔다.

자는 남편의 얼굴에서 얇고 새까만 그것을 지켜볼 도리밖에 없다. 미처 깎이지 않은 한 올의 수염처럼, 엉뚱한 곳에 수상쩍게 붙어 있는 글자 조각처럼 시치미를 떼고 앉아 있었다. 보자하니 마지못해 붙어 있는 건 아닌 것 같았다. 교미하는 순간부터 어쩌면 그 이전부터 작정한 게 틀림없었다. 그의 이마에 퍼질러 앉아 포식이라도 하는 모양이다. 해도 너무하네. 부인은 손사래를 치려다 반짝 빛나는 생각에 멈추었다. 먹을 만큼 양껏 빨아먹으라지. 그래야 몸이 무거워져 잡기가 수월할 것이다. 경험상 그것은 굶주린 배를 채우고 나면 어김없이 가까운 벽에 붙었다. 설사 한 번의 기회를 놓친다 해도 무거운 배를 끌고 고공비행을 하기란 수월하지 않을 것이고 느리고 버거운 날갯짓을 하는 그 순간에 손바닥을 마주쳐 죽이기만 하면 되는 거였다. 그런 생각으로 안심이 되었으나 잠시 후 부인은 다시 화가 났고 그에게 욕을 한 바가지 퍼붓고 싶었다.

그는 잘 때도 입을 헤벌리고 있다. 버릇되어버린 게 틀림없었다. 누군가 희한한 연장을 자신에게 박게 놔두는 건 물론이고 몸을 빨아대는 것도 모르는 채 정신 놓고 자는 그가 큰 잘못을 저지르고 있는 것 같았다. 그러나 지금은 기운을 빼지 말아야겠다고 부인은 마음먹는다. 이쯤 나이가 되면 소용 있는 것에만 힘을 써야 한다고 스스로 다독였다. 나에게 발각된 걸, 알까. 염치없는 것이니 눈치도 없겠지. 이렇게 단정 짓자 부인의 마음이 조금은 진정되는 듯했다. 끙. 남편이 움직였다. 드디어 그것이 그의 얼굴에서 떨어져 짐작대로 낮고 느리게 비행한다. 남편은 손을 들어 이마를 긁적였다. 그러다 한쪽 손으로 바지 내의를 들추고 다른 손으로 엉덩이를 벅벅 긁었다. 다른 때 같으면 미소 머금은 입을 비죽이며 그를 놀리고 감상이라도 할 장면이었지만 그녀는 본체만체하고선 신속하게 고개를 돌렸다. 예상이 적중했다. 쌍시목이 침대 머리 판에 붙었다. 바로 코앞이었다. 넌 이제 죽은 목숨이나 다름없어. 부인이 천천히 침대에서 일어났다. 침대 삐걱거리는 소리 뒤로 관절에서 뚝뚝 소리가 났다. 아랑곳하지 않고 몸을 던지며 팔을 휘두르자 침대의 머리 판이 둔탁한 소리를 내질렀다. 쩍.

"당신 아직 안 자고 뭐 해?"

예기치 않게 잠에서 깬 그가 부인에게 묻고는 부스럭거리며 앉았다.

"잡아요."

"또?"

없다. 침대 머리 판에 짓눌려 있으리라 상상했던 쌍시목이 손을 떼고 보니 흔적도 없다. 남편이 일어나는 인기척을 그것이 먼저 느낀 것이 분명했다. 하필 지금 일어날 게 뭐야. 약이 오르는 마음에 부인이 고개 돌려 노려봤다. 뒤통수가 납작하게 눌린 남편은 눈을 비비다가 허공에 대고 입맛을 다셨다.

"빨렸어요."

"응?"

"여태 빨렸다고요."

"뭐라고?"

그는 귀가 어두웠다. 그뿐만 아니라 궁금하지도 않은 표정이었다. 건성으로 묻고 있는 게 그녀는 못마땅했다. 사태의 심각성에 귀 기울일 수 있도록 남편의 속을 후빌 수 있는 말이 뭐가 있을까 생각하고 있는 그때, 사뿐사뿐 날고 있는 쌍시목이 보였다. 그의 머리 위를 종횡무진 횡단하고 있었다.

"그만 자자."

그가 말하고는 이불을 펄럭이며 자리에 누웠다. 그녀의 눈길은 허공을 헤매느라 분주했지만 금세 쌍시목은 보이지 않았다.

"여기가 어디야?"

하늘에서 햇살이 열렬히 쏟아지던 어느 날 그가 물었다. 벚나무와 느티나무가 늘어서 있고 같은 종류의 꽃 무더기가 한창인, 그녀와 늘 걷던 산책길이었다. 제법 각별한 눈빛이었으나 부인은 그게 오히려 불편하여 대답하지 않았다. 그저, 그의 시선을 태연하게 받을 수 없어 고개를 숙이고 길섶을 바라봤다. 이름 모를 들꽃들과 포장된 초록빛 산책로가 흐느끼듯 어른거렸다. 어디선가 푸르고 여린 냄새가 났고, 부인은 한 모금 두 모금을 들이마시고 더는 끌어 마실 수 없을 때까지 숨을 멈추어 가두었다가 내뱉었다. 몸에 더 많이 더 오래 머물게 하고 싶었으나 마음대로 되지 않았다.

"나는 누구야?"

그는 가던 걸음을 멈추고 묻고는 부인의 손을 부여잡았다. 요즘 따라 부쩍 질문이 많아졌다. 천을 따라 펼쳐진 풍경 속에 추억이, 사연이, 기억이 가득 들어찼다. 그러다 그 풍경 속으로 이내 파묻혔다. 평평한 하늘로, 지난겨울 쌓아놓은 낙엽 아래 흙 속으로, 더디게만 흐르는 천으로. 마음을 아프게 한다기보다 아연케 하는 물음이었다. 남편이 이끄는 손짓으로 부인도 걸음을 멈추고 그의 얼굴을 바라봐야 했다. 그는 한쪽 손바닥을 펼쳐 아플 정도로 자신의 가슴을 탕탕 두드렸다.

"내가 누구냐고?"

남편은 당장 듣고야 말겠다는, 지금이어야 한다는 듯 재촉하며 잡은 손아귀에 힘을 줬다. 그토록 고의적인 그러나 전혀 뜻밖인 물음에 부인은 대답해야 했다. 그의 이름을 말해야 할까. 그의 생김새를, 급한 성질머리에 관해 설명해야 할까. 나이를, 사는 곳을, 그가 내게 어떤 존재인지를. 뭐라 표현해야 마땅할까. 햇살을 가득 담아 일렁이고 있는 그의 눈빛을 그녀는 오랫동안 바라봤다.

"온 세상이에요."

불안해하는 그에게 어엿한 사랑을 안겨주고 싶었다. 절대 거
짓말은 아니었으나 솔직히 말하면 세상이, 입에 담을 수는 있어
도 이 세상이 얼마만큼인지 몰랐다. 푸근한 웃음이라도 마주하
길 원했지만, 그는 다른 걸 떠올리는 것 같았다. 갑자기 훌쩍거
리다 한쪽 콧구멍을 막고 길바닥에 코를 풀어놨다.

스쳐 지나가는 소음. 부인은 본능적으로 무릎을 힘주어 굽히
고 허리를 젖혔다. 쌍시목의 급습이었다. 음흉한 소리가 귓구멍
을 후비고는 사라졌다. 재빨리 고개를 세웠지만 그새 보이지 않
는다. 새끼손가락을 귓구멍에 넣어 돌리면서도 그녀는 단호하게
눈을 뜨고 찾았다. 방금 눈앞으로 날아갔다. 그대로 몸을 고정하
고 동선을 따라 눈동자만 돌렸다. 한 번 둥글게 원을 그렸다가
선을 만들며 날아가다 시야에서 벗어났다. 하얀 벽이 배경일 때
는 보였건만 옷걸이에 걸린 옷이 배경이 되자 보이지 않는다.

어디로 갔을까. 부인은 눈을 크게 부릅뜨고 쌍시목의 행방을
쫓았다. 혹시나 하는 마음에 방문으로 천천히 걸어가 문이 꼭 닫
혔는지 확인했다. 둘러보니 창문엔 촘촘한 모기장이 있고 천장
은 벽지 바른 시멘트로 막혀 있다. 바람이 되지 않는 한 빠져나

갈 곳은 어디에도 없다. 제대로 감금한 셈이었으므로 이만하면 민첩할 뿐 아니라 사리가 분명한 그것에 맞설 준비가 되어 있다고 할 수 있었다. 가만, 방 문짝에 뭔가 보인다. 그녀는 지체하지 않고 팔을 올려 때렸다. 손바닥이 잽싸게 문에 가 붙었다. 짝. 혹시 모를 상황을 대비해 손바닥을 바로 떼지 않고 지그시 눌러 비볐다. 안도와 함께 미소가 번지는 입가에 고인 침을 한쪽 소맷자락으로 수습하고 손바닥을 들었다. 어, 어, 없다. 그의 혈흔을 고백했어야 할 쌍시목의 사체가 없다. 손을 떼고 보니 문짝에 나 있는 흠집이 그것의 모습과 같았다.

그의 코 고는 소리가 잦아드는가 싶더니 다시 낮은 저음으로 시작됐다. 이 소리는 어떤 말일까. 부인은 문 앞에 서서 고개를 갸웃거렸다. 소리에 멋이 없으므로 사랑을 고백하는 말은 아니었는데 눈을 감고 힘주어 콧소리를 내는 것으로 미루어 고백은 맞는 것 같다고 생각했다. 숨김없는 소리에 감정은 풍부했지만, 어떤 감정 상태인지 알 수 없었다. 기쁜 기색을 표현하거나 비밀이 된 슬픔을 내보이는 말도 아니었다. 부인은 귀를 기울이며 그에게 다가갔다.

이 사람은 누구지. 이 사람은. 그의 얼굴이 안개꽃 다발처럼 보였다. 누구일까. 부인은 방안을 서성거렸다. 당신처럼 하얗지. 누군가의 목소리가 들리는 듯했다. 그의 하얀 머리카락을 멍하니 응시하고 있을 때 또 다른 소리가 부인의 곁을 스쳐 갔다. 사방의 벽과 장롱 그리고 화장대를 눈으로 훑었다. 최대한 움직임을 삼가고 눈동자를 좌우로 위아래로 돌리고 팔을 뻗어 옷걸이에 걸린 옷을 손으로 털어댔다. 보이지 않는다. 쌍시옥이 어디에도 없다. 부인은 화가 치밀지만 표현할 방도가 없다. 기운이 없어 주먹질이나 발길질 같은 것마저 생각할 수 없다. 아쉬운 마음을 안고 침대 발치에 걸터앉았다. 당신 자고 있었네. 그런데 당신 언제부터 자는 거야? 그를 알아본 부인이 중얼거리며 그의 사지 구석구석을 찬찬히 살폈다. 한 번 찔렀던 놈이라고 또다시 찌르지 않는다는 법은 없으니까.

"제일 중요한 건 균형이야."
"그다음은?"
그의 손바닥에 굳건히 박혀 있는 굳은살을 꼬집으며 젊고 이쁜 그녀가 물었다.
"기술이야."
커피를 마시고 밥을 먹고 심지어 영화를 보거나 스킨십을 하는 순간에도 그는 기계체조 이야기를 했다. 공간사용을 하여 동작을 조화롭게 조합해야 하는 마루운동과 버티기에서 올바른 자세와 각도를 유지해야 하는 링. 평행봉은 물론이고 선회와 진자

운동으로 잠시의 중단도 있을 수 없는 안마. 이야기의 마무리는 언제나 자신의 다양한 기술들과 순발력 그리고 고도의 체력에 대한 거였다. 그럴 때 그의 표정과 몸짓은 씨름선수를 연상케 했으나 그녀는 공중을 향해 도약하고 회전하는 아슬아슬한 순간을 떠올렸다.

"위험해 보여."

"안전도 균형과 기술이야."

그는 그녀에게 무언가를 안심시키는 말은 하지 않았다. 지긋이 바라보며 안개꽃을 건네고는 그저 한마디를 했을 뿐이었다.

"균형도 기술도 착지가 잘 이루어져야 빛을 봐. 착지는 바로 가정이야."

그의 프러포즈였다. 그다운 멋진 이야기였다.

결혼하고 몇 달이 지난 어느 날 밤, 그는 다른 날과 다름없이 평행봉에 매달려 몸을 돌렸다. 유감이 없었다. 어둠 속에서도 그의 근육과 불거진 핏줄은 두드러졌는데 무슨 일인지 그의 표정은 진지하지 않았다. 그녀를 향해 씽긋 웃어 보이는 얼굴은 코가 빨개져서인지 조금 희극적이었다. 어깨관절을 감싸고 있는 관절낭에 염증이 생겨 기계체조를 할 수 없다는 진단을 받은 날이었다. 올림픽 출전을 준비하고 있었고 메달권 선수로 인정받는 시기였다. 평행봉과 직각이 되게 팔과 다리를 쭉 뻗은 후 그는 하늘바라기를 하고 있었다.

"배고프다."

투정이라도 하는 투로 말하는 그녀를 향해 그는 고개를 끄덕이고 평행봉에서 풀쩍 뛰어내렸다. 그녀의 손을 꼭 감싸 잡던 굳은살 박인 손은 차갑고 축축했다.

당신. 자는 그를 멀거니 쳐다보다 부인은 머리를 가로저었다. 남편을 흔들어 깨워 배가 고파요, 라고 말하려다 그만두었다. 그가 곤하게 자고 있으므로 곁에서 함께 자야지 마음먹었다. 그러나 한참을 머뭇거렸고 골똘한 표정으로 뭔가를 주시하던 그녀의 입에서 탄식이 흘러나왔다. 하필이면 자신이 베고 자는 베개에 그것이 앉아 있었다. 하얀 바탕에 하늘색 꽃무늬가 수놓아진 그 위에 짧은 머리카락인 양 위장하고 있었다. 손을 뻗으려다 주춤했다. 푹신거리는 솜은 완충 역할을 할 게 확실하기 때문이었다. 부인은 조금 더 기다려보기로 마음먹고 시야에서 벗어나지 않도록 눈을 고정했다. 하늘색 꽃무늬가 부옇게 펼쳐지다 뭉개지며 시린 눈에 물이 가득 고였다.

나이가 들어도 모진 자신의 감정이 때로 부담스러웠다. 하루에도 열두 번 감상에 젖어 수시로 눈물을 훔치던 어느 날, 누관이 막혔다는 의사의 말을 들었다. 그러니까 눈물길이 닫혀 흘러나가야 하는 것이 역류하고 있다는 얘기였다. 몇 번 뚫는 수술을 했으나 또다시 막히고 물이 흘렀다. 수시로 열어줘야 한다는 게 병원 관계자의 말이었으나 무시했다. 수시로, 라니. 그녀는 기가 막혔다.

"당신은 누구야?"

자신이 누구냐는 물음 다음에 그가 하루에도 몇 번씩 부인에게 하는 질문이었다. 그도 누관이 막혔는지 눈가에 물방울이 흘러내리고 있었다. 안개꽃에 맺힌, 꽃송이만 한 물 덩이가 방울져 흐르는 것을 바라보며 누구라고 말해야 할까. 아니 당신은 누구이며 그 누구는 누구인지를 부인은 헤아렸다. 그러나 알 수 없어서 물끄러미 바라봤는데 그는 화를 내는 것만 같은 표정이었다. 부인은 그에게서 등을 돌리고 몸을 옹송그렸고 그는 무슨 말인가를 하려다 말고 앞으로 걸어나가는 것으로 거리를 두며 중얼거렸다. 나야. 불안해하지 않아도 돼. 그녀는 머릿속이 아득하고 희미했다.

언제였을까. 고개를 양쪽으로 번갈아 기울이며 그가 노래를 불렀다. 힘내세요. 눈을 크게 뜨고 웃음 만연한 얼굴로 그녀를 바라보고 있었다. 로고송에 흐르는 유난하지 않은 한마디에 가슴이 뭉클해져, 그녀도 그의 입 모양을 따라 불렀다. 힘내세요. 내가 있잖아요. 최고라는 말보다 사랑한다는 말보다 들었을 때

덜 미안해지는 소리라면서 그는 머쓱하게 웃었다. 부당하다거나 불합리하다는 생경한 말을 그가 입에 올리기 시작한 언젠가부터, 그녀는 그에게 최고라는 말보다 사랑한다는 말보다, 힘내세요, 라는 말을 더 많이 했다.

회사가 아닌 회사마당으로 출근하는 그의 뒷모습에 무슨 말인가를 외치기 시작하면서 쉬어가는 그의 목청 앞에 그녀는 소리를 냈다. 힘내세요. 메아리처럼 되돌아 울렸지만, 그녀는 힘을 낼 수 없었고 고개를 끄덕이고 나간 그는 회사마당에 쭈그리고 앉아있거나 그게 여의치 않을 땐 산에 올랐다. 단단한 바위에 무작정 머리를 들이밀고 그는 균형에 관해 얘기했고 나무둥치에 앉아 뿌리 깊은 것에 대해 투박한 주먹을 내보이며 소리를 질렀다. 사람들은 곱지 않은 시선으로 바라봤다. 균형의 문제라고 그는 말했지만, 사람들은 오히려 규정에 맞지 않는, 정규가 아닌 그가 불균형을 초래했다는 이유였다.

그들은 그에게 정상이 아니라면서 더 복잡하고 정교한 균형에 관해 설명했다. 그러던 어느 날 그는 산이 아닌 크레인에 올랐다. 그녀가 쫓아갔을 때 그는 매달리고 버티는 자세를 유지하고서 쉰 목소리로 무슨 말인가를 계속 외치고 있었다. 심장박동이 귀를 두드려 그녀는 알아들을 수 없었다. 그리고 몇 날 며칠 균형을 잡고 크레인을 부여잡은 채 갈라진 목소리로 호소하던 그는 일 년 남짓 집에 돌아오지 못했다. 그 당시 그녀는 착지 매트의 구획한 선을 이탈하는 그가 자꾸 떠올랐다.

"당신은 누구야?"

"당신의 착지예요."

부인이 대답했다. 뭔가를 가만히 생각하는 그의 표정에 안도감이 서렸다. 내가 누구인지, 당신이 누구인지, 그녀는 이 한마디면 되었다.

그만, 눈을 깜빡여 역류한 물이 뺨을 타고 흘러내렸다. 베개에서 잠시 눈을 떼고 부인은 축축해져 흐린 눈을 비비다 감았다가 떴다. 고개를 이리저리 돌려가며 찾았으나 보이지 않는다. 불안한 시선을 거두고 그녀는 크게 심호흡을 했다. 여유를 가질 필요성을 느꼈다. 그것이 이런 모습을 보고 있다면 자신을 대단하게 여길지도 모른다는 생각에서였다. 조용히 고개를 돌리며 사방을 두리번거리다 벽에 시선을 두는 순간, 그것의 잔영이 어딘가에 남았다. 부인은 목을 최대한 길게 빼고 쳐다봤다. 쌍시목은 천장에 안정적인 자세로 붙어 있었다. 내려다보고 있었던 게 틀림없다고 생각하며 손을 쭉 뻗어 올려보았지만 닿을 턱이 없었다. 천장에 그대로 눈길을 두고 방안을 오락가락했다. 우선 의자를 두고, 파리채, 신문지, 손부채, 효자손, 분사용 모기약. 최선의 방법을 생각했다. 이렇게 난처할 수가. 의자는 방 밖에 있고 이 상황에서 문을 열 수는 없다.

가장 적합하다고 생각되는 걸 손에 움켜쥐었다. 부인은 펄쩍 뛰어 공중도약하며 천장을 향해 휘둘렀다. 너무 셌나. 허공을 가르고 파리채가 방바닥을 후려쳤다. 허리가 바닥 가까이 고꾸라지고 어깨는 빠져나갈 것만 같았지만 여전히 눈을 치켜뜬 채로 어깨를 주물렀다. 쌍시목은 여유롭게 날고 있었다. 고도의 감각에 세레모니라도 하는 양 그녀의 머리 위에 빙글빙글 두 번이나 원을 그리고 날아갔다. 파리채가 아주 근소한 차이로 비껴간 거라고 안타까워하며 그를 바라봤다. 당신이 봤다면 틀림없다고 말했을 텐데. 내복 소맷자락 아래로 바람과 추위에 말린 명태처럼 비틀비틀 야윈 살갗이 보인다. 평행봉 사이에 몸을 넣어놓고 균형을 잡아 뒤집고 때로는 깨진 균형으로 뒤집히며 말라버린 까닭일까. 부인은 고개를 숙였다.

"실감해. 세상과 다를 게 없어."

우람한 근육이 있는 그가 말했다. 평행봉을 잡고 두 팔로 온몸을 지탱하고 있는 건, 균형을 잡으며 견디는 일이었고 도약할 순간을 가늠하기 위한 멈춤이라고 했다. 길고 좁은 평행봉 사이에서 그는 세상의 한복판을 이미 경험했다고 말했다.

천장을 향해 다리를 모아 꼿꼿이 세웠다가 아래로 떨어지듯

회전하고 다시 천장을 향해 발을 뻗어 점프하는 동작들. 공중을 돌아 평행봉 사이에 제대로 떨어지는 일. 평행봉을 떠나 바닥에 착지하기까지 그는 현란한 동작들을 묘사했다. 그녀는 임신 중이었고 심한 입덧으로 누워 있었다. 먹은 걸 모두 토해내자 자신의 이야기라도 양분이 되게 하려는 마음으로 그는 한참 동안 말을 멈추지 않았다. 그 묘사가 어찌나 실감 났는지 번쩍 치켜든 다리 사이에 떠 있는 그의 표정과 공중에서 한 바퀴 두 바퀴 회전하는 숨 가쁜 순간을 상상하느라 그녀는 잠시 입덧을 잊었다.

"균형도 중요하고 기술도 중요한데 우선 잘 먹는 게 제일이야."

그는 말하며 그녀의 부른 배를 토닥였다.

일 년 하고 몇 달 만에 집에 돌아온 그가 홀쭉해진 그녀의 몸 위에 손을 얹었다. 고개를 깊숙이 숙인 그의 모습은 곤란을 겪은 후라 그런지 여전하지 못했다.

"균형의 문제가 아니야."

그 말만 되풀이하며 그는 진종일 집에 있었다. 연마해야 할 기술에 대해 생각하는 것도 같았고 써야 할 근육을 고민하는 것도 같았지만 대체로 멍한 모습이었다. 가끔은 이상한 기합 소리를 내곤 했는데 전혀 알아들을 수 없었다. 그는 식사를 거의 하지 않았고 말을 하지 않아 혀마저 굳어버린 것 같았다.

"우선 잘 먹어야 해요."

입덧도 사라지고 부풀려 하던 배도 꺼진 시간을 가슴에 담그고 그녀는 그의 앞에서 열심히 밥을 먹었다. 먹는 데 집중하는 그녀를 유심히 바라보다 그도 함께 숟가락을 들었다. 먹지 못하는 것들을 삼키고 있는 얼굴이었다.

"다행이야. 오히려."

그가 말했다.

"그럼 너무 힘들잖아. 우리 아이마저도."

그는 잠시 가만히 있었다. 그리고는 수저 가득 밥을 떴다. 한쪽 볼이 불룩해질 때까지 밀어 넣고는 입을 다물지 못했다. 그밥을 씹느라 심하게 움직이는 입이 부자연스러웠다. 몇 숟가락뜨고는 조금은 씩씩해진 목소리로 말했다. 개지랄이나 마찬가지야. 변한 게 없으니까. 개지랄이라는 단어를 입 밖으로 내는 순간, 그의 입에서 밥풀이 튀어나왔다. 그의 목소리는 무언가를 비극이라 단정하는 것 같았다. 다시 겪지 않기 위해선 어떤 식으로 살아야 하는지 알고 있는 얼굴이었고 말의 의미나 목소리는 더할 나위 없이 과격했으나 그의 자세는 주눅이 들어 있었다.

졸음이 쏟아진다. 부인은 그의 곁에 누워 포개진 숟가락처럼 남편의 등에 몸을 밀착하여 조용히 끌어안았다. 그의 엉덩이가 그녀의 배에 닿고 가슴은 그의 허리께로 붙었다. 난로를 끌어안은 것처럼 따뜻했다. 얼마나 남았을까. 세상 밖의 삶은 어떠할까. 모름을 견디는 일이 사는 일이겠지. 난데없는 깨달음이 머릿속을 채웠지만 여기까지였다. 세상 밖을 사색하기엔 너무 지친 듯했다.

그녀가 그의 등에 코를 묻었다. 그에게서 묘한 냄새가 난다. 더는 새파래지지 않는. 흙으로 돌아갈 채비를 끝낸 묵은 낙엽 냄새 같다. 이러고 있으니 어째 세상 한 귀퉁이로 몰린 기분이었다. 이 자세 이대로. 개구리와도 같이, 사마귀와도 같이. 언젠가 목격한 장면은 절박한 심정으로 그냥 이렇게 붙어 있었던 건 아닐지. 뭔가 시도할만한 여력이 없는 순간이었는지도 모른다. 어디선가 물이 흐르고 누군가의 말소리가 들리고 아기의 울음소리가 들린다. 텅 빈 것 같은 방안의 공백을 가득 메웠다. 공간이 넓어졌다가 좁아지고 커졌다가 작아졌다. 안과 밖의 경계궤도를 돌고 돌다 다시 세상 안으로 들어와 있는 기분이다. 그와 나 사이에 아이가 있었다면. 아이 때문에 웃고 울고 행복하고 화가 나기도 하는 순간을 그에게 안겨주었다면, 무엇이 달라졌을까. 부인은 어떤 그림을 그리다 설핏 잠결에 몸이 실렸다.

한 달, 두 달, 그가 돌아오지 못하는 날마다 그녀는 밤새 돌아다녔다. 그를 아는 사람들, 그와 함께했던 사람들을 찾아갔다. 고독한 그에게 호의적인 관심을 보이는 사람은 없었다. 그들은 하나같이 기운 없는 손길로 위로하며 미안해하거나 안쓰러운 표정을 지었다. 무엇이 미안한 것인지 알 수 없어 그녀는 눈을 똑바로 뜰 뿐이었다.

흘러나가지 못하고 역류한 물이 그녀의 뺨에 흐르고 가랑이 사이를 적셨다. 따뜻한 물이 도리 없이 흘러내리고 있었다. 그가 돌아오지 못한 밤이었고 너무 생소한 일이어서 가슴만 뛸 뿐 통증은 느끼지 못했다. 전봇대에 드문드문 걸려 있는 갓등의 불빛을 따라 골목을 돌았다. 돌고 돌다 보면 그가 올라간 평행봉을 만날 수 있을까. 균형을 잡고 매달려 도약할 순간을 위해 멈추고 있는 그를 만날 수 있을까. 잠든 마을에 아침이 아직 멀리 있는 것만 같아 현기증이 일었으나 한걸음, 한걸음 발을 옮기며 그가 이야기하던 평행봉을 떠올렸다. 그의 멈춤과 도약에 대해.

우리 아빠는 어제 내려왔어요. 마지막에 들른 집에서 문을 연 여자가 한 말이었다. 어떻게 그럴 수 있나요? 그녀는 묻지 못했다. 보솜보솜 밥 짓는 향이 났고 아이가 뛰어나왔다. 엄마 누구야? 네 살쯤 되어 보이는 귀여운 아이였다. 자꾸만 다리에 힘이 빠져 비틀거렸다. 세상엔 균형과 상관없는 뜻밖의 일들이 많은 듯했다. 그러나 오직 그가 잊지 않기를 바라듯 그녀 또한 잊지 않으려 했다. 그래야 그의 균형과 기술이 착지할 수 있을 테니까. 착지. 그녀는 걸음을 딛고 또 내디뎠다.

묻었던 코를 떼고 그의 등에 귀를 대자 심장 뛰는 소리와 피가 순환하는 소리가 들린다. 저녁에 먹은 호박 부침개가 소화되는 소리와 밥알이 퍼지는 소리도 들리는 듯하다. 그의 내부 소리가 부인의 가슴에 울림을 만들며 조용히 지나가고 있다. 심장 안에 줄곧 갇혀 있다가 밖으로 흐르는 무언가의 결이.

고개를 왼쪽으로 돌리니 창밖으로 까만 밤하늘이 보인다. 무엇인가 빛을 발하고 있는지 밤하늘에 빛이 고여 있다. 네모난 구멍 밖의 검은 밤은 너무 멀고 더할 나위 없이 깊었다. 그러나 그녀에겐 다시마 조각으로 보였다가 사각 김으로도 보였다. 한창 다시마 조각을 씹고 김을 뜯어 먹고 있는데 뜬금없이 눈에 들어왔다. 모기장에 점 하나가 걸려 있었다. 입안에 짭조름한 맛이 돌았다. 하늘에 두었던 눈길을 앞으로 옮기자 멀찍이 떨어져서는 보이지 않던 뭔가가 촘촘한 거기에 묻어있다. 아니 달라붙어 있다. 필시 그것은 쌍시목이었다.

부인은 남편의 허리에 둘렀던 팔을 천천히 들고는 그 상태로 상체를 일으켰다. 무릎을 침대 아래로 내리고 두 손으로 바닥을 짚으며 엉덩이부터 들어 올렸다. 고개를 드는 순간, 그것의 모습이 더 확고하게 눈에 들어왔다. 곧게 펴지지 않는 허리를 무리하게 다루지 않으며 창가로 다가가는 그녀의 발걸음은 요령껏 조용했다. 발가락부터 딛고 그다음 발뒤꿈치를 차분히 내려디뎠다. 쌍시목은 밖을 바라보고 있는 듯했다. 두 발자국 다음 세 번째 발자국의 보폭을 넓혀 발을 내디딤과 동시에 팔을 뻗었다. 손바닥이 닿자 모기장이 휘청거리고 의외의 상황에 몸마저 흔들렸다.

"아직도 안 자는 거야?"

다시 잠에서 깬 남편이 몸을 겨우 일으키고는 눈을 껌뻑이며 묻는다. 어느 사이 날아갔던 쌍시목이 눈앞에 자리를 잡았다. 부인은 숨을 죽이고 남편을 향해 검지를 입에 갖다 댔다. 머리카락과 구분이 쉽지는 않으나 그녀는 집중했다.

"균형, 잘 잡아요!"

소리치며 그의 머리를 가격했다. 더 이상의 양보는 없었다. 그의 고개가 뒤로 꺾이고 상체가 기우뚱 기울었다. 남편은 거의 울상이었고 두 발이 허공으로 들렸다가 떨어졌으나 균형을 잃지 않은 듯 다시 제자리였다. 그러나 없다. 손바닥을 꼼꼼히 살피고 그의 머릿속을 헤집어 봐도 보이지 않았다.

"자자. 이제 그만하고 자자고"

남편의 목소리는 애원이라도 하는 것처럼 들렸다. 벌겋게 부어오른 이마를 긁적이다 머리를 긁적이고 또 이마를 긁었다. 그는 많이 변했다. 이해할 수 없는 것에도 말이 안 되는 것에도 불만을 품지 않았다. 그 앞에 화끈거리는 얼굴을 들이대고 부인이 퍼질러 앉았다. 그는 한쪽 손바닥으로 엉덩이 쪽 바닥을 짚었다. 남편의 얼굴이 살짝 뒤로 물러났다.

"내가 누구예요?"

이번엔 그녀가 따져 물었다.

"내가 누구냐고요?"

이마에 수심 어린 주름을 잡고는 그는 곰곰이 생각하는 얼굴이 되었다. 대답을 고르다 조심스럽게 그가 입을 열었다.

"잠깐만요!"

그러나 입을 연 건 부인이었다. 순식간이었다. 벌떡 일어나 두 팔을 뻗어 허공에서 손을 모아 손뼉을 쳤다. 사라지는 묘기라도 한 것일까. 손바닥엔 아무것도 없었다. 어. 체중이 한쪽으로 쏠린다. 부인 가랑이 사이로 고개 숙인 남편의 얼굴이 빠져나옴과 동시에 그녀의 몸이 바닥을 향해 쏟아졌다. 그는 머리를 수그린 상태에서도 두 손을 번쩍 들어 그녀의 몸을 붙들었다. 흔들리지 않았다. 그녀를 지탱해주는 기둥처럼 그는 균형을 잘 잡고 있었다.

"문을 열자."

그가 천천히 일어났다. 어금니를 꽉 깨물었는데 힘을 끌어올리려는 것처럼 보였다. 쇄골이 맞닿은 지점의 불그스레한 골을 빼놓고 남편은 흥분하는 법이 없었다. 싸우거나 덤비거나 혼잣말로 욕을 하는 일도 없었다. 평생을 통해 배운 게 있다면 주저하고 회피하는 것도 용기가 필요한 일이었다고 그는 말했고 언젠가부터 자신의 말처럼 살았으나 그저 막다른 길에서 멈춘 것처럼 보였다.

그가 방의 형광등을 껐다. 어둠 속에서 부인은 보이지 않는 남편을 찾았다. 창문의 모기장 열리는 소리가 들렸다. 느리고 굼뜬 동작이었으나 그녀가 말릴 겨를이 없었다. 멀리 환하게 불이 켜진 가로등과 간판들이 보였다. 빛과 빛이 어둠 속에서 각자 불을 밝히고 있었다.

"뭐 하는 거예요?"

"이제 나갈 거야. 빛을 좋아하니까."

그의 목소리가 어느덧 그녀 곁에서 들렸다. 돌아가는 사정으로 보아 뭔가 어처구니없는 일이 생긴 것 같았지만 부인은 우두커니 창밖을 바라봤다.

"자요?"

"아니."

"평행봉 얘기해줘요."

그와 부인은 나란히 붙어 누워 있었다. 굳은살의 흔적을 찾으며 그녀는 남편의 손을 문질렀다.

"균형도 중요하고 기술도 중요한데 잘 자야 해. 이제, 우리."

그의 목소리는 잠결이었다. 창밖의 밤하늘에 별이 하나 보였다.

"내가 누구예요?"

"온 세상."

"당신은 누구예요?"

"착지."

그가 부인을 향해 몸을 돌리고 한쪽 팔로 그녀의 등을 감쌌다. 그의 겨드랑이에 코를 묻었다. 땀이 아닌 젖 냄새가 나는 것 같아 연신 킁킁거리는 동안 어디선가 바람이 불어와 그녀의 이마를 쓸었다. 그의 따뜻한 체온을 느끼며 정신이 들락날락하는 그 순간, 부인은 신경이 쭈뼛 섰다. 이상한 소음이 귀에 닿았다. 남편의 팔을 떠밀고 그녀는 어둠 속에서 주의를 기울였다.

"그런데……, 창문이 왜 열려 있지요?"

그는 대꾸가 없다.

"자요?"

나지막하게 코 고는 소리가 들린다. 망설이다 이따금 끊기곤 하는 소리는 높낮이의 기복이 심하지 않고 내뱉고 들이마시는 호흡이 점잖다. 남편의 코 고는 소리 틈으로 성가시게 끼어드는 소음. 그녀는 몸이 뜨겁게 끓어올라 잠을 잘 수가 없다. 벌떡 일어나 형광등을 켰다. 갑자기 밝아진 방 안을 구부정하게 서서 살폈다. 이윽고 부인은 허리를 굽힌 채 발뒤꿈치를 들어 올리고 그의 얼굴 가까이 다가갔다. 어김없이 그것이 나타났다. 무람없이 남편의 이마에 붙어 있었다. 부인은 손바닥을 넓게 편 채 팔을 치켜들었다.

이제

대형의 수직 창 너머로 너와 지붕들이 보였다. 그녀는 한동안 창가에 서서 동쪽과 남쪽을 향해 부챗살 모양으로 펼쳐져 있는 4층 상가주택을 바라보았다. 지붕의 구조는 다양했으나 조화로웠고 가만히 바라보고 있으면 집의 형태뿐 아니라 그 집에 사는 사람들의 모습까지 그려졌다. 이따금 타인의 공간에 애틋한 감정이 생기곤 했는데 그녀는 폭신한 소파나 물 자욱이 남은 식탁에 함께 둘러앉아 그들이 주고받는 다정한 얘기 소리가 듣고 싶었다. 그리고 그들의 관심 어린 눈길 속에서 자신의 이야기를 들려주는 상상을 했다.

　야트막한 산자락 아래 보이는, 오래전 교회였던 건물의 지붕에 인간과 새가 합쳐져서 하나가 된 듯한 가고일의 조각상이 빗물받이에 얹혀 있었다. 비가 오면 숨이 없는 목에 빗물을 담아 부리에서 떨어지는 구조였고 그 날카로운 입과 날개는 어딘가를 응시하고 있는 눈초리처럼 하늘로 치켜 올라 있었다. 곁을 지키고 있는 느티나무는 아름드리로 교회 2층의 창문마다 차양을 만들었다. 이 모든 것이 마치 바닷속의 산호와도 같이 조양에 잠겨 있었다.

위층으로 연결된 나선형 계단에서 남자가 내려오는 기척이 들렸다. 아침을 맞는 것이 어쩌면 조금씩 죽어가는 일인지도 모른다고 생각하며 그녀는 재단 판으로 다가갔다. 부직포 위에 바지 패턴을 올리고 그 옷본이 움직이지 않도록 바지의 허리 부분과 무릎 위에 문진을 올려 눌렀다. 이미지맵을 만들고 선과 면을 나누어 디자인한 후 원단을 정하면 도식화하여 패턴을 떴다. 여러 가지 공식을 사용하는 패턴 작업은 평면 위의 선들이 입체가 되기 위한 과정이었으므로 옷의 설계도를 그리는 것과 같았다.

원목의 목캡이 있는 여자 상반신 마네킹과 남자 상반신 베이스 마네킹 사이의 전신 거울에 남자가 자신을 비춰보았다. 그 옆으로는 가슴선에 가봉 선이 추가되어 있고 피노키오 관절의 팔이 달린, 두상 없는 여자 전신 마네킹이 재단 판 가까이 놓여 있었다.

또 다른 패턴인가?

여자를 무심하게 뜯어보던 남자가 그렇게 묻고는 거울로 눈길을 돌렸다.

다시 새로 떴어요.

그러느라 밤을 새운 모양이군.

원단의 두께와 신축성에 따라 패턴 법이 달라지니까요. 물론 디자인도 달라요.

여자는 테일러 재킷과 슬림한 핏의 9부 기장 팬츠를 만들 생각이었다. 디자인은 예술이라기보다는 논리적인 계산이 필요한 기술이었다. 우선 바지 패턴을 부직포에 본보기대로 그렸다. 패턴을 옮길 때는 시접 부분도 함께 넣었는데 지퍼가 달리는 앞 중심선의 시접은 여유분을 더했다.

남자는 뒤돌아 거울을 등지고 서서 고개를 돌려 거울 속 자신의 뒷모습을 바라봤다. 넓고 둥근 라펠 코트의 등 주름은 지나치게 남았고 허리의 센터 벨트는 여유 없이 등에서 내려오며 펴진 주름을 단단히 잡고 있었다. 그 모습을 일별하며 여자가 말했다.

영국의 폴로 경기 선수들이 경기장에 입장하기 전에 입었던 웨이트 코트에서부터 시작되었어요. 당신이 지금 입고 있는 폴로코트 말이에요.

남자는 그녀의 말을 듣고 있는지 알 수 없는 표정으로 고개를 숙이고 핸드폰을 열어 일정표를 바라봤다.

소맷단을 접은 듯한 커프스와 플랩 아웃 포켓은 고전적인 느낌을 주고 큰 라펠은 남성미를 과시하는 디자인이었죠.

여자의 차분한 목소리에 남자는 새벽에 깨어 느리게 흐르던 시간을 떠올렸고 그러자 눈의 건조함이 느껴졌다. 손바닥으로 눈을 지그시 누르고 있다가 다시 일정에 시선을 두었다. 광고를 의뢰한 기업 대표와의 미팅은 두 시간 후였다. 업체 대표는 바이럴 마케팅으로 이미 제품에 대한 정보를 제공하였고 잠재고객들에게 어느 정도 신뢰를 받고 있다고 자부했다. 그런 까닭인지 세부적인 기능은 없었다. 단지 이미지로 승부를 걸고 싶다는 게 그의 요점이었다. 유명 연예인의 출연도 배경음악도 없이 그저 한 줄의 광고 문안과 의자뿐이었다. 구매로 이어지는 설득은 불필요하다는 게 그의 설명이었지만, 남자에게는 광고 제작의 단계를 전혀 모르는 의뢰인이 제일 까다로운 고객이었다. 오늘의 두 번째 미팅은 그의 제안이었다.

여자의 눈길이 남자에게 머물렀다.

당신과 어울리지 않아요.

핸드폰에서 시선을 뗐지만, 남자는 여자를 바라보지 않았다.

적당히 가슴근육이 있어야 하는데 두께가 없잖아요. 당신은.

여자의 말에 눈썹을 모로 세운 남자의 눈동자가 잠시 흔들렸다. 그녀가 로터리 커터의 손잡이를 쥐자 칼날이 나왔다. 커터를 밀어 패턴을 옮겨 그린 부직포를 재단했다. 그녀는 가위 대신 작은 로터리 커터를 사용했는데 재킷의 소매 둘레나 바지의 밑위처럼 곡선이 심한 부분의 재단에 유용했다.

두께가 없다는 말이 어째 좋은 표현은 아닌 것 같아.

겹등품을 말하는 거예요. 사람마다 사이즈와 각도가 다르잖아요. 두께도 차이가 있죠. 옆으로 서서 거울을 한번 봐요. 당신은 겹등품이 허리보다 상대적으로 얇아요.

잘 웃지 않는 그녀가 한번 웃을 때면 남자는 그녀에게 숨겨져 있던 무방비함을 느끼곤 했다. 그러나 그 모습은 언제나 다른 사람 앞에서였고 남자는 그들 눈앞에서 내려앉는 자신의 자존심을 무심하게 견뎌야 했다. 적절할 리 없으나 그 순간을 돌아보는 건 여자의 말을 무시하고 싶을 때였다.

무슨 말을 하고 싶은지 모르겠지만, 그냥 배가 나왔다고 말하는 게 듣기 편하겠어.

패턴을 뜰 때 가장 중요한 게 뭔지 알아요?

수십 개의 패턴이 걸려 있는 라운딩 철제 이동 옷걸이에서 옷본 하나를 들어 올려 곰곰이 바라보다 그녀가 물었다.

그쪽에 관해 잘 모르는 나한테 묻는 건가?

옷에 문제가 있을 때 해결하는 방법을 아는 거예요. 이를테면 밑위 길이가 짧으면 엉덩이가 바지를 먹어요. 그와 반대로 너무 길면 배 바지가 되겠지요. 앞 지퍼에 주름이 지는 일도 있고 똥 싼 바지처럼 가랑이 부분이 남기도 해요. 그런 난처한 일이 벌어지면 패턴을 수정해서 바로잡는 거예요.

남자는 지루한 얼굴로 고개를 숙이고 자신의 바지를 바라봤다.

바지 총 기장에서 다리 길이를 뺀 거예요. 당신 좋아하는 표현으로 쉽게 말하면 샅에서 허리까지를 밑위 길이라고 해요. 지금 용어 설명이 궁금한 건 아니겠죠? 아무튼, 해결방법을 모르면 입을 수 없는 옷이 되는 거예요.

여자는 바지의 앞판과 뒤판 그리고 허리 밴드를 재단하여 한쪽에 포개두었다. 이번엔 재킷 옷본을 부직포 위에 올리고 문진으로 눌렀다.

기분이 안 좋은 모양이야. 말투가 묘하게 날 건드리는군.

패턴을 수정하거나 새로 뜨듯이, 당신을 대할 땐 자세가 달라져야 한다는 말이에요.

여자는 재킷의 카라 패턴을 유심히 바라봤다. 재킷에서 세심하게 생각해야 할 부분이었다. 앞판과 뒤판까지 이어지는 선의 각도에 따라 카라의 꺾이는 위치가 달라졌다. 카라 너비에 의해서도 변했으므로 디자인을 고려하여 선의 각도에 신경을 써야 했다. 원 버튼으로 할 것인지 더블브레스트로 할 것인지를 정하고 그에 알맞은 카라의 꺾임 선을 주는 거였다.

남자는 창가 소파에 앉았다. 맑은 날씨에도 바람이 불어와 테라스의 창을 두드렸다. 산자락의 나무들은 굽이치는 바람에 이리저리 엉겨 붙어 흔들렸고 그것을 배경으로 홀로 서 있는 교회가 보인다. 잠잠히 앉아 있는 가고일 석상은 마치 대상을 정한 뒤 주시하고 있는 듯 숨을 죽인 모습이었는데 곧 날카로운 발톱을 세우고 날아오를 것 같았다.

교회 둘레의 두 방향으로 나무기와 지붕들이 보였다. 박공지붕의 상가주택 1층에는 크로켓이 맛있는 이자카야가 있고 그 옆으로는 소박한 반찬이 가지런하게 나오는 한정식집이 있다. 남자는 그녀와 이따금 저녁을 먹으러 가고는 했다. 지금은 바람이 부는 것뿐이라고 생각하며 그녀를 바라봤다. 그러나 이대로면 온종일 마음이 불편할 거라는 것을 알았다. 여자는 재단 판 옆에 세워놓은 원단 롤을 돌려 광목천을 풀어 팔을 넓게 벌려 세 마 정도를 가늠하여 끊은 뒤 재단 판 위에 올렸다.

이상하게 나는 그 원단을 보면 기분이 좋지 않아. 가공하지 않고 단 처리를 하지 않은 소색의 천 같거든.

모시나 삼베 고유의 색을 말하는 건가요?

며칠 전 내 친구 장례식장에 당신도 갔었잖아. 그 아내 봤지? 참 안됐어.

여자는 잠시 고민하다 문진을 치우고 재킷과 카라의 패턴을 맞대고는 그 위에 너치 포인트를 표시했다.

누군가를 여읜 마음이 애달파 미처 곱게 다듬을 시간이 없는 상주가 입는 옷이 생각난다고.

당신은 간혹 지나치게 감상적일 때가 있어요. 검은색 아니었나요? 요즘은 검은색을 입어요.

그녀는 몸판과 소매에도 봉제할 때 서로 만나야 하는 부분을 표시였다.

광목으로 우선 만들어서 가봉할 거예요.

완성할 원단으로 하지 뭘 그래. 번거롭게.

패턴조각이 몸 어느 부위와 만나는지 알 수 있는 작업이에요. 사이즈와 착용감을 확인하기도 하고. 원단의 융통성에 따라 매번 다르니까. 이렇게 얘기하면 또 못 알아듣겠지요? 우스갯소리로 신축성 없는 원단을 융통성 없다고도 하거든요.

옷에서도 만난다는 표현이 나쁘지 않군그래.

남자는 분위기를 바꿔보려는 듯 살짝 미소지었다. 사람과 사람의 만남이 중요하지만, 사람과 공간의 만남도 중요하다고 업체 대표가 말했을 때 그는 의아했다. 고급 이미지의 안마의자도 아니었고 편안함을 추구하는 타이탄 의자나 압도적인 크기를 내건 의자도 아니었다. 안락한 착석과는 거리가 먼, 누가 봐도 불편해 보이는 의자였다. 내구성이 없어 보이고 뒤로 기댈 수 있는 침대형식이나 다리를 올릴 수 있는 오토만 옵션은 물론 요추 받침대나 목 받침의 기능도 없었다. 그가 보기엔 철골구조물처럼 뼈대만 남겨진 의자였으므로 반문이라도 할양으로 바라보았을 때 대표가 먼저 말했다. 모든 것을 빼고 앉고 기대고 그것을 지지하는 것만 남긴 순수한 형태의 의자라고 생각하시면 될 겁니다. 그 사람의 표정은 조금 지쳐 보였으나 태도에는 어떤 확고함이 느껴졌다.

　생각하고 싶지 않지만, 어제 말이에요. 어제 ….
　여자가 가만히 눈살을 찌푸리며 말끝을 흐렸다.
　어제?
　아니에요. 그만두는 게 좋겠어요.
　얘기를 꺼내다 마는 건 당신답지 않아. 아직 시간도 여유 있고.
　어제 당신과의 만남은….
　우리 만남?
　남자가 물었다. 여자가 하얀 목덜미에 손을 얹고는 누르기를 반복하며 고개를 깊숙이 수그렸다. 그러다 바닥에 떨어져 있는 시침 핀을 들어 시침 봉에 꽂았다.

난 또 무슨 소린가 했네.

거울 뒤에 높낮이가 조절되는 사다리 모양의 세움대 옷걸이가 있었는데 밴딩처리가 된 둥근 시침 봉이 걸려 있었다. 바닥을 살피며 거울 앞으로 다가간 남자는 라이더 재킷을 걸친 남자 상반신 마네킹의 자세를 반듯하게 고쳐준 후 옷걸이 앞에 있는 회전의자에 앉았다. 등받이가 유연하게 허리의 움직임을 받쳐주고 있었다. 의자의 이미지로만 광고한다는 건 생활을 빼는 것과 같았다. 그러므로 아무런 이야기가 없는 제품은 매력적이지 못했다. 오늘은 업체 대표에게서 그만의 이야기를 끌어낼 요량이었다. 남자는 시침 봉을 손바닥 위에 올리고 시침 핀 하나의 머리를 잡아 뺐다 다시 꼽기를 반복하며 여자의 말을 기다렸다.

음, 뭐랄까. 슬펐어요.

슬펐다고? 왜지?

묻기 전에 잠시라도 수고를 해줄 수는 없나요? 생각 좀 해보라는 뜻이에요.

남자는 턱을 내밀어 중지 끝으로 매만지며 거울을 바라봤다.

부모님이 계신 집이라서 그랬나? 혹시 배려 없이 나 혼자 한 거야?

그것도 영향은 있었겠지만, 아니에요. 다른 이유였어요. 그러고 보니 배려가 없던 건 맞네요.

다른 이유라. 늘 그렇듯 내가 알아채기 힘든 것일 테지.

그래요. 내가 얘기해도 모를 거예요. 아마도 죽었다 깨도 모르겠지요.

문득 남자는 며칠 전 여자의 차에서 발견한, 두껍게 뭉쳐진 휴짓조각을 생각했다. 자동차의 바닥 매트엔 무언가를 흘린 듯 방울진 무늬가 점점이 찍혀 있었다. 남자는 자신도 모르게 휴지를 가리키며 이게 뭐냐고 물었고 오히려 의아하다는 표정으로 차에 들이친 빗물을 닦은 거라는 여자의 말을 들었다. 서두르거나 당황한 기색은 없었고 단지 그녀의 두 뺨엔 권태가 묻어 있었다. 남자는 여자의 뒷모습을 바라보다 물었다.

그럼 들을 필요도 없겠어. 안 그래?

그렇네요. 미처 그 생각을 못 했어요. 당신은 언제나 필요에 따라 움직이는 사람이니까. 당신 이럴 땐 내가 점점 자신이 없어져요.

대체 무슨 말을 하고 싶어서 이러는지 모르겠어.

패턴에는 공식이 있는데 숫자로 배우는 게 아니에요. 마치 조각을 하듯이 새기고 깎는 작업이에요. 사람이 입을 수 있는 입체적인 옷을 만드는 일이니까요. 어깨가 올라가 있거나 내려가 있고 혹은 몸이 구부정하거나 뒤로 젖혀진 체형들이 있잖아요. 참고로 당신은 반신체형이에요.

뒤로 젖혀졌다는 말인가?

네. 약간 그런 편이죠. 굴신 체형과 비교하면 겸손하지 않아 보여요.

하던 얘기 하지. 무슨 자신이 없어진다는 건지 말이야.

옷을 만드는 사람에겐 다양한 체형의 단점을 보완하는 일이 중요해요. 패턴 공식을 응용해서 말이지요. 그런데 그동안 내가 무엇을 한 걸까요. 내가 배운 모든 것들이 쓸모없게 느껴져요.

좀 피곤하군.

남자가 자신의 관자놀이를 누르는 동안 여자는 재단 판을 두 손으로 짚은 채 숨을 뱉었다.

어디 슬펐던 이유를 들어나 봅시다. 들어도 모르는지는 내가 판단하고 말이지.

여자는 천천히 고개 돌려 남자를 물끄러미 바라보았다.

당신, 그 옷이나 갈아입고 와요. 점점 봐 줄 수가 없네요.

그녀는 옷의 구조를 알아갈수록 만드는 작업이 더 어렵게 느껴졌다. 패턴은 디자인보다 더 예리한 감각을 요구했다. 인체를 감싸고 덮고 가리는 기능의 선과 면이 평면에서 옷의 구조를 파악하여 길이와 넓이를 가지는 것이 디자인의 시작이었다. 여자는 몸판의 암홀과 소매산 높이를 계산하고 원단을 고려하면서 이새량을 구했다. 곡선 부위는 봉제 시 많이 늘어나므로 몸판의 앞 암홀에도 이새를 넣었다. 그리고 팔은 어느 부위보다 활동성이 있어야 하므로 여유분에도 신경 썼다. 그녀의 생각에 불편한 옷은 아름다운 옷이라 할 수 없었다. 잠시 골똘한 표정으로 앉아 있던 남자가 일어나 폴로코트를 벗고 마네킹이 걸치고 있는 가죽 소재의 라이더 재킷을 내려 자신이 입었다. 그가 일어나는 반동에 의자는 그 자리에서 헐겁게 돌고 있었다. 의자 내부의 두툼한 충전물이 소리를 내며 구조물의 굴곡 따라 원형을 회복하려했고 하중 받던 바퀴는 갑자기 어딘가에서 풀려나 바닥에서 들떠 있는 것으로 보였다.

이제 좀 봐줄 만한가?

장난스레 말을 걸며 남자가 거울을 바라봤다. 그가 입고 있는 배기바지가 그녀의 눈에 들어왔다. 폴로코트의 길이에 가려져 있던 바지였다.

앞선 주름 때문인지 당신이 입으니 한복 바지 같네요. 주름 디테일이 과하지는 않지만 그런 스타일을 당당하게 입은 당신이 좀 과한 것 같아요. 지나치셨어요.

이제 하고 싶은 말을 하는 게 좋겠어.

그의 얼굴을 얼핏 보며 그녀가 말했다.

천연 양가죽은 부드러운 소재예요. 세탁으로 광택을 다운시킨 가죽을 선호하는 사람이 많은 것 같아. 그런데 어깨가 좁은 사람은 거친 가죽이 더 나을지도 몰라요. 그 옷의 컨셉은 패션과 음악의 결합인데 지퍼 입술의 포켓과 아래로 내려온 어깨선에서 선율이 느껴지지 않나요?

난 맘에 들면 입어. 그냥 입는 거야. 옷을 입으며 선율까지 느껴야 하나? 혹시 그래야 이 옷을 입을 수 있는 건 아니겠지.

뒤판의 요크 선은 절제미가 있어요.

아까 하던 얘기, 마저 하는 게 좋겠어.

그녀는 허리를 구부리고 패턴지의 몸판과 소매에 표시한 너치를 다시 한번 확인했다. 일종의 만나야 하는 지점이었는데 너치와 식서를 맞추어 봉제해야만 소매에 팔이 들어가 있는 듯 입체적인 옷이 완성되었다.

당신이 참고 있다는 걸 알아요. 느껴지거든요.

신경 쓰는 거 적잖이 피곤한 일이야.

내가 아니라 당신이 그렇다는 거겠죠. 그래도 고맙네요. 내 말이 신경 쓰이다니.

당연한 거 아닌가?

여자는 잠시 소매 산의 높이와 몸판 앞 소매 둘레를 확인했다.

어깨 절개선과 소매 꼭대기를 맞닿게 하고 다시 바라봤다. 봉제시 몸판과 소매의 이새량이 적당하지 않으면 어깨의 이음 선이 울었다.

당신도 알다시피 아버지는 남성복 테일러였어요. 나름 단골고객이 많았죠. 활동성을 생각해서 재킷에 옆트임을 주고 땀이 차는 겨드랑이 부분엔 보이지 않게 공기구멍을 주었죠. 아버지에게 옷은 사람이 편하게 입도록 배려한 옷이어야 했어요. 그런데어느 날인가부터 바뀌었어요. 의도적으로 어깨를 좁게 만들었어요. 슈트의 좌우가 비대칭 되도록 패턴을 뜨고 솔기나 주머니의바느질을 조잡스럽게 하기도 했어요. 어울리지 않는 부자재 그러니까 생뚱맞거나 싸구려 단추를 달고 눈에 띄는 색실로 박기도 했죠.

실험적인 작품을 만드신 건가?

아버지가 만든 옷을 입은 사람들은 체통이 없어 보이는 건 물론이고 빈곤해 보이기까지 했어요. 저는 이해할 수가 없었어요.

여자는 광목을 반으로 접어 그대로 재단 판에 올렸다. 골선 표시가 있는 뒤판 패턴을 원단의 접힌 부분에 맞춰서 올려놓았다.

기존의 형식을 깨고 싶다고 했어요. 암울한 현실 속에서 뭔가를 바꿔보고 싶다고요. 관습을 탈피하는 거였죠. 안이 밖으로 나오고 안감이 겉감이 되기도 했으니까. 솔기가 노출되고 단 처리도 하지 않아 제 눈엔 옷을 만드는 공정과정을 노출한달까 어쨌든 완성되지 않은 옷으로 보였어요.

여자는 반으로 접힌 원단의 골선을 누르고 패턴과 함께 시침핀을 꽂았다. 그리고 재킷의 앞판과 뒤판 그리고 사이바와 두 장 소매의 패턴에 시접을 두고 로터리 커터를 쥐고 부직포 패턴 지를 잘랐다.

그래서 위기가 찾아왔나? 문을 닫은 게 그 때문이었나 보군.

아니에요. 손님이 많아진 건 아닌데 장사는 더 잘됐어요. 이상한 일이 일어났어요. 소수의 특권층에게 인정을 받기 시작했거든요.

그런데 말이야. 지금 장인어른 얘기가 왜 나오는지 모르겠어.

천천히 소파에 앉아 남자는 창밖에 시선을 두었다. 지붕 없는 한 상가주택의 옥탑에 에메랄드빛 장미가 소복이 피어 있었다.

패션에는 숨겨진 게 있어요. 뭔지 알아요?

내게 묻지 말고 그냥 얘기하는 게 좋겠어.

변장할 수 있다는 거예요. 나를 표현하지만, 의도적으로 내 이미지를 완전히 바꿀 수 있어요. 변신이기도 한 거죠. 예를 들어 레이어링 기법에 뛰어난 사람이 있어요. 옷을 겹쳐 입듯이 자신을 보이지 않도록 위장하는 거예요. 아버지의 옷을 입으려는 손님들은 정치적이었던 거예요.

말이 어렵군.

그들은 자신과 다른 세력을 구분하는 것으로 이용한 셈이죠. 마치 패션을 선도하는 것처럼 보였지만 유행이라는 이름으로 편을 나눈 거예요. 그들은 고의로 이미지를 바꾸어나갔어요. 처음엔 우습고 경박해 보이던 디자인이 나름 멋을 부리며 사람들의 시선을 잡았죠. 다른 사람들은 알지 못했어요. 그들의 진심을 말이에요. 유행처럼 사람들이 변장한 이미지를 따라 하기 시작하면 그들은 또 다른 변형을 주문했어요.

고개를 숙인 채 말하며 여자는 광목천 위에 시침 핀으로 고정한 패턴을 떼어내고 시접 분량을 넣은 선대로 초자고를 사용하여 선을 그었다. 스팀 다림질을 해야만 지워졌으므로 번거로울 수도 있는데 그녀는 분말쵸크나 기화성 펜 대신 늘 초자고를 사용했다. 손에 힘을 주지 않아도 부드럽게 원단 위로 미끄러지며 그려졌다.

옷을 어떻게 입던 그 사람에게서 느껴지는 분위기가 있어.

물론이에요. 하지만 옷은 그 사람을 판단하는 잣대가 되기도 해요.

선을 한번 그은 후에는 초자고를 돌려 각진 부분으로 긋기를 반복했다. 사용이 끝나고 한쪽에 내려놓은 초자고는 둥글게 닳아 있었다.

나도 변장하는 걸까요. 메타모르포제. 인위적으로 이미지를 바꾸는 거예요. 당신 앞에선 내가 아니니까. 다른 사람들과 함께 있을 때와 달라요. 당신과 유사한 사람이 되거나 전혀 다른 사람으로 변하는 건지도 모르겠어요. 성격마저 송두리째 바꾸고 싶은 상태가 된 거 같아요.

왜 그러는 거지?

남자가 묻고는 가죽 재킷을 벗어 마네킹에 다시 입혔다. 여자는 다리미의 전원을 연결하고 스팀을 눌러 온도와 분사량을 확인했다. 재단된 바지의 허리 다트를 접어 다리고 밑단과 앞 주름선을 잡아 다림질했다. 그래야 봉제가 수월하기 때문이었다.

살려는 거겠죠. 어처구니없게도 아무 일 없다는 듯 살아가기 위해.

그게 하려던 얘기인가?

그녀가 고개 들어 남자를 바라봤다.

관계할 때 왜 내 입을 막은 거죠?

여자의 물음에 남자는 눈길을 내리고 잠시 생각했다.

내가 그랬나? 그랬다면 소리가 날까 봐 그랬겠지.

내 소리가요?

당신이 좀 유난해야지.

남자는 장난스러운 표정을 지었다.

내가 그런가요? 당신은 늘 그렇듯 나를 믿지 못하는군요. 당신의 진심을 모르겠어요. 나는 당신의 표정이나 문득 내뱉는 말 그리고 손길에서 당신을 보는 거예요.

복잡하군. 그게 그렇게 기분 상하는 일이었나?

여자는 재단된 재킷 좌우 앞판의 라인을 실 표 뜨기로 표시했다. 가봉 시에 라인이 보이는 것과 안 보이는 것은 모양새에 차이가 있었다.

부모님 계신 집에서 내가 섹스 중에 신음을 낼까 봐 그랬을 거라는 건 알아요. 하지만 당신은 당신을 단속하는 모습을 보였어야 해요. 내 입을 막을 게 아니라. 그 정신 없는 와중에도 내 입을 막아야겠다는 생각이 들던가요?

내가 정신이 없다고?

그렇게 물어보니까 기분이 별로 좋지 않네요. 나를 안고 있는 그 순간에 정신이 또렷하단 말인가요?

나는 늘 정신 차리고 산다는 뜻이야.

사정하는 순간 말이에요.

여자는 조금 감정에 북받친 듯 호흡을 골랐다.

그때라면 말이 다르지. 정신이 혼미해져. 파도를 타다가 몸에서 수분이 다 빠져나가는 기분이라고. 어때? 솔직하게 표현하니 기분이 좀 괜찮나?

그따위 말에 금세 기분이 괜찮냐고 묻는 건가요? 이럴 땐 당신이 혐오스러워요. 당신은 나를 몰라요. 내가 얼마나 조심하고 살피며 살고 있는지.

여자는 재킷 등판의 중심선을 연결하여 시침질했다. 옷을 만드는 과정이 고스란히 나타나 있었다. 남자는 이해할 수 없다는 얼굴로 고개를 가로저었다.

당신이 말한 대로 들어도 모르겠군그래. 안 듣는 게 나을 뻔했어. 당신 기분이 안 좋다는 것만 알겠어. 이럴 줄 알았으면 그냥 혼자 해결할 걸 그랬어.

참 솔직하네요. 너무 솔직한 당신 때문에 가끔은 밥맛이 없어요. 당신은 당신 입을 막는 게 나았어요. 그렇지 않나요? 난감할 정도잖아요.

나는 내가 절제하리라는 걸 알아.

그래요. 당신은 자신만 믿을 수 있다는 거군요.

남자는 고개를 숙이고 깍지 긴 손에 힘을 주었다. 여자는 다림질을 끝낸 원단 조각들을 들고 재봉틀 앞에 앉았다. 속도 조절이 가능하고 여러 가지 바느질 패턴을 선택하여 자동으로 바느질할 수 있는 공업용 재봉틀이었다.

제발 부탁인데 무슨 일이든 당신에게 이롭게 해석하라고. 설마 내가 당신을 믿지 못해서 그랬겠어? 어쩌다 보니 그렇게 된 거지.

그녀는 실패에서 실을 풀어 재봉틀의 실 구멍에 끼우고 실의 장력을 조절하는 곳에 걸었다. 장력조절은 실채기가 위아래로 움직일 때 일명 삥삥이라 불리는 철사가 움직이며 원단에 실을 조여주는 역할을 했다.

이제 내 얘기를 해볼까?

창가 소파에 앉아있던 남자가 말문을 열었다.

고백이라도 하려는 건가요?

성공하는 여자들의 100가지 습관. 당신이 읽던 책이었을 거야. 당신이 입는 옷 못지않게 당신을 판단할 수 있는 순간이었지. 적어도 내겐 그랬어. 그런 책을 펼쳐 드는 당신을 상상할 때마다 내 인생에서 그런 당신을 지우고 싶었어. 존재를 말하는 게 아니야. 무슨 말인지 이해하겠어?

무슨 말인지 모르겠어요. 그런 일로 나를 지우고 싶었다고요?

어디서부터 내가 달라져야 하는지 막막하다고 해야 하나. 어떤 은유로 당신을 두둔해야 할지를 고민하는 내가 싫었어. 그리고 실망했지.

그 책은 선물받은 책이었어요.

그렇다고 크게 달라지는 건 없을 거야.

그런가요?

나를 바라보며 웃은 적이 있나 생각해봐. 내 앞에서 당신이 활짝 웃는 모습 나는 본 적이 없어. 단 한 번도. 사진 속이거나 다른 사람들과 함께 있을 때였지. 성공하는 여자들은 그런 습관을 지녀야 한다고 쓰여 있던가?

그게 믿음과 무슨 상관이죠? 곁에 있는 당신 때문에 웃지 않는다고 생각했다는 말인가요?

당신이 나를 믿지 않는다는 느낌이 들었어. 처음 우리 단둘이 여행 가는 비행기 안에서 당신이 울 때부터. 그래, 그때부터 내 기분은 엉망이었어.

그래서 지금까지 나를 외롭게 한 거군요. 내게 왜 우냐고 물어봤나요? 당신은 묻지도 않고 표정이 굳어 있었어요.

여자는 잠시 양쪽 손을 펼쳐 자신의 팔을 감쌌다.

나를 사랑한다면, 나와 함께 있어서 행복하다면 그 순간에 울 리가 없잖아.

남자가 말하자 여자는 살며시 떨리는 손을 잠시 멈추다 실을 고정하는 부분으로 걸고 이동시켰다. 바늘에 실을 꿰지 못해 몇 번을 반복해야 했다. 숫자 버튼으로 바늘땀 크기를 조절하고는 바닥에 길게 끌리는 웨딩드레스의 옷자락을 연상케 하는 양탄자에 시선을 두었다.

그럼 내가 왜 당신과 결혼을 했겠어요? 난 그저 두려웠을 뿐이었어요. 난생처음 낯선 곳으로 떠난다는 게 얼마나 무서운 일인지 짐작해봤나요?

남자가 시간을 확인하려 핸드폰을 열었다. 업체 대표에게서 문자가 와있었다. 약속을 다른 날로 미루어도 되겠냐는 물음이었다. 아울러 광고 문안을 생각할 때 참고하라는 예의 바른말과 함께 보내온 내용은 이랬다. 아름다운 디자인이 아닙니다. 이동이 간편하지 않고 튼튼하지 않습니다. 그러니까 딛고 올라서는 용도로는 적합하지 않습니다. 의자가 종종 단두대가 되기도 하더군요. 아주 엉뚱하던 내 아내가 그런 용도로 사용했습니다. 문자에서 서둘러 눈을 돌렸다. 남자는 업체 대표가 제작하고 판매하려는 의자의 의도에 오류가 생겼다는 느낌이 들었다.

방금 무슨 말을 했지? 아, 그래. 두렵다고 했나? 당신이 나를 믿지 않으니까 온전히 나에게 의지하지 못한 거겠지.

바쁘면 그만 나가도 돼요.

아니, 괜찮아.

남자는 업체 대표와의 약속이 미뤄진 사실에 관해 말하고 싶지 않았다.

당신 혹시 내 어깨를 바라본 적 있나요?

나를 사랑한다는 표현을 어깨로 하고 있었다는 말을 하고 싶은 건가?

내 말은 어깨에도 표정이 있다는 말이에요. 나는 당신의 뒷모습을 봤어요. 자주.

고맙군그래.

사람들 저마다 뒷모습에 그늘이 있어요. 그리고 신발 뒷굽이 닳아 있지요. 조금 우스꽝스러운데 슬픈 구석이 있어요. 나는 당신에게 연민을 느꼈던 모양이에요.

여자는 천천히 실을 옮겨 길이를 조정하는 장치를 지나 실채기에 걸었다. 실채기에 걸지 않으면 밑실과 윗실이 같이 박히지 않았다.

이제 자신이 없어요.

무슨 자신을 말하는 거지?

당신이 어제 내 손을 가져가 이마에 맺힌 땀을 닦았어요. 관계가 끝나고 말이에요. 많이 움직인 거 같지 않았는데 당신 이마에는 땀이 많았어요. 내 손에 묻던 물기. 그때 알았어요.

남자는 여자를 지그시 바라보기만 했다.

내가 당신을 사랑하고 있지 않다는 것을. 내 손에 묻은 당신의 땀이 싫었어요. 어디에 닦아야 할지 몰라 망설이다 손을 들고 욕실로 갔지요. 나도 왜 그런지는 모르겠어요.

당신 몸속으로 내가 들어가는 건 참아도 손에 묻은 내 땀은 참을 수 없었다 뭐 이런 얘긴가? 그런 말이야?

차라리 사랑을 하지 그랬어요?

또 그 얘긴가? 언제까지 이럴 생각인지 말해주면 좋겠어.

그렇게 애걸복걸 한번 해달라고 매달리는 꼴이 얼마나 우습게 보였는지 알아요? 당신 아내인 나의 자존심 정도는 세워줘야 하지 않았나요? 그 여자와 당신이 침대 위에서 뒹구는 모습을 가끔 상상해요. 아무런 감정은 없어요. 단지 당신이 왜 내 입을 막는 거냐는 거예요. 알아서 숨죽이고 있는데 말이죠.

가슴을 들썩이며 숨을 한번 고른 후 여자는 손을 들어 바늘땀 버튼 아래에 있는 기다란 레버를 눌렀다. 뒤로 박기에 쓰이는 손잡이였다. 올이 풀리지 않도록 할 때 왔던 땀을 돌아가 한 번 더 박아주는데 주로 이용했다. 여자는 가마와 북알과 북집으로 이루어진 밑실에 실을 감아 재봉틀 아래에 끼워 넣었다. 실을 감을 때 방향을 잘 잡지 않으면 되레 풀려 버리는 경우가 있었으므로 무의식적으로 확인한 후였다.

그 여자들 중 한 명이 내 친구일 필요는 없었잖아요. 굳이.

너무 오래전 일이야.

남자의 말이 끝나자 잠시 움직임을 멈추고 있던 여자가 재봉틀을 움직이기 시작했다. 평면이 입체가 되는 경이로운 순간이었다. 그녀는 사람이 입는 옷이면서 사람이 만든 옷임을 보여주려면 새로운 착용법이 있어야 할 것 같다는 생각이 들었다. 남자는 자신의 소리가 잘 들리지 않을 것 같았지만 개의치 않고 말했다.

광고는 15초 남짓한 시간에 잠재적인 고객의 시선을 사로잡아야 해. 처음엔 제품의 모습을 소개하고 그다음엔 스펙을 보여주는 거야. 기능이나 그 가능성을 설명하는 거지. 하지만 그 전에 전제되어야 할 게 있어. 광고를 의뢰한 사람의 욕구에 맞아야 하고 어떤 목적을 달성해야 하는지를 아는 일이야. 당신은 지금 내게 불행하다고 말하고 있어. 그럼 우리에게 어떤 목적이 생길 수 있을까?

여자는 광목에 본을 뜬 바지의 앞판과 뒤판의 옆선을 연결한 후 안쪽 솔기를 박았다. 다트를 박아 놓은 바지 허리선에 허리 밴드를 달아주고 밑위를 맞추어 바느질했다. 지퍼 자리는 여미는 부분에 시침 핀으로 고정할 생각이었다. 남자의 말을 들었는지 듣지 못했는지 재봉틀을 잠시 멈추고 그녀가 말했다.

상징적인 이미지로 새로운 패션 세계를 선보인 디자이너 듀오가 있어요. 한 사람은 항상 새로움을 선호했고 또 다른 사람은 경험한 것을 신뢰하는 타입이었어요. 그들은 이렇게 말했어요. 우리는 아주 다른 두 개의 관점에서 시작한다. 그가 왼쪽에서 시작한다면 나는 오른쪽에서 시작하는 식이다. 그렇게 해서 우리는 가운데서 만난다. 같지만 완전히 다르죠. 당신과 나 말이에요. 우리도 다른 관점에서 시작하지만, 영원히 만날 수는 없어요. 평행선이니까.

그녀는 두상 없는 여자 전신 마네킹에 봉제를 끝낸 광목의 옷을 입혔다. 가만히 바라보다 재킷의 라펠을 떼어냈다. 얼굴이 없는 옷을 만들기 위해 고민했지만, 방법이 없었다. 대신 이제 곧 텅 빈 곳이 될지도 모른다는 의도를 담고자 했다. 재킷의 카라가 있어야 할 자리에 매듭을 걸었다. 로프 한 가닥을 되돌려 고리를 만든 단순한 매듭이었다. 올무 매듭보다는 덜 상징적이었으나 의도를 나타내기엔 모자람이 없어 보였다.

어느 디자이너가 목에 올무 매듭을 건 옷을 대중에게 선보였다가 혐오스럽다는 이유로 거둬들였어요. 누군가가 나와 똑같은 생각을 한 모양이에요. 옷은 예술작품이 아니에요. 시도했다는 흔적만으로도 디테일은 충분해요. 입을 수 있는 옷이 되려면 과하지 않도록 절제가 필요하죠. 혹시 디자이너가 창조자라고 생각하나요? 아니요. 변화의 자취를 더듬다가 또 다른 누군가도 같은 생각을 하겠지요. 모든 것이 이야기의 산물이니까요.

남자가 창가 앞에서 서성거리다 여자를 향해 다가왔다.

대체 문제가 뭐지?

우린 서로 속이고 있어요. 이대로 가면 시도를 하겠지요. 절제

하지 않으면 그 누구도 입을 수 없는 옷이 될지도 몰라요. 아니, 옷만 남게 되는 거겠죠.

수직 창 너머 밖에서 부는 바람이 눈에 보이는 듯했다. 지금은 바람이 부는 것뿐이라고 생각했지만 남자는 업체 대표의 말이 떠올랐다. 모든 것을 빼고 앉고 기대고 그것을 지지하는 것만 남긴 순수한 형태의 의자입니다. 그런데 엉뚱한 아내가 의자를 딛고 올라서는 용도로 오해한 겁니다. 흉기가 되기도 하더군요. 남자는 잠시 손바닥으로 자신의 이마를 짚었다.

내가 어떻게 해야 할까? 뭘 어떻게 해야 하는지 말해줘. 제발.

이제 끝났다고 말해요.

여자의 말이 멈추고 잠시 후 남자는 재단 판으로 걸어갔다. 바라보고 있는 그녀를 비껴가 그 곁에 있는 의자를 들어 올려 수직 창으로 던졌다. 유리창이 깨지며 바닥으로 쏟아졌고 바람이 가까이 다가왔다.

호수가 돌아오는 사막

사람 많네. 이 시간의 외출이 오래간만인지 의외라는 표정으로 단이 중얼거렸다. 퇴근 시간이 지난 아홉 시경, 회사와 단의 집 중간쯤에 있는 지하철역 부근 펍 카페였다. 아침부터 내리기 시작한 비는 종일 줄기차게 내리고 있었다. 바다가 넘친다. 오래전 단에게서 전해 들은 기 선배의 마지막 말이 떠올랐다. 이대로라면 바다도 범람하여 어딘가로 흘러갈 듯했다.

  회사 창가에 서서 잔물결의 무늬로 채워진 창문을 바라보다 단에게 전화를 걸었다. 비가 아니라 그녀의 말 때문이었는지 모른다. 망가지고 싶어. 비가 오는 날이면 단은 내게 전화를 걸어와 그렇게 말하곤 했다. 잔물결 위로 방울진 비가 터질 듯이 맺혔다가 창의

면을 타고 흘러내렸다. 바다가 흐른다고 표현할 수 있다면 유수의 길은 어떤 식으로 갈래를 뻗는 것일까. 바다가 가득 차오르면 사막이 있는 곳에 호수가 생겨나는 까닭이 될지도. 그것의 유속은 가늠하기 어려울 터였다.

이 시간이니까 많은 거겠지. 단의 목소리가 쉬어있었다. 감기 걸렸어? 그런가 봐. 병원은 갔다 왔어? 귀찮아서 그냥 집에 있는 약 먹었는데 목이 가라앉지 않는 거야. 그래서 갔다 왔어. 그녀는 말끝에 무슨 말인가를 덧붙이려다 입을 다물었다. 알 수 없는 경쾌한 음악 소리가 사람들 목소리와 뒤섞여 카페에 둔탁하게 울리고 있었다. 술과 안주를 주문하고 사람들이 앉아있는 주변에 눈길을 두었다. 우리 테이블 옆에는 중년 부부로 보이는 두 사람이 마주 앉아있었고 앞 테이블의 남자 서너 명은 당장이라도 일어설 듯이 어수선하고 떠들썩하게 대화를 나누었다. 소란한 가운데서 유독 가만히 듣고 있던 그 일행 중 한 남자가 불쑥 치아를 다 드러내 보이며 소리 내어 웃었다.

공간을 달리고 있는 느낌이 들어.

그들을 일별하며 단이 말했다.

저 웃음. 그래서 어떤 웃음은 숨을 돌려야 하나 봐. 끼이꺼이.

야윈 볼 언저리에 붙은 머리카락을 귀 뒤로 쓸어넘기며 그녀가 나를 바라봤다.

아까 병원에 갔더니 대기 하는 사람이 많더라. 좀 이상한 일이 있었어.

무슨?

의자에 앉아 기다리는데 옆에 앉은 아줌마가 잡지를 꺼내 보더라고. 근데 내 머리카락이 펄럭거릴 정도로 한 장 한 장 착착 소리 나게 넘기는 거야. 게다가 꼼꼼하게 침까지 묻혀가며 그러는데 얼마나 세게 넘기는지 책장에 묻은 침까지 날아올 정도였어.

그때 느꼈던 기분에 열중한 듯 단은 눈살을 찌그리며 아주머니 앞에서 지었을 법한 표정을 흉내 냈다. 언젠가 그녀의 이야기를 재밌게 듣곤 하던 시간이 어렴풋이 떠올랐다. 소리를 질러야만 무슨 말을 하는지 알아들을 수 있는 술집이 대부분이었다. 시끌벅적한 곳에서 우리는 제멋대로 몸을 움직이며 오히려 안정을 찾았던 것 같다. 단이 이야기를 계속 이었다.

내가 보란 듯이 빤히 쳐다봤어. 모르는 건지 뭔 상관이냐는 건지 그 아줌마 나를 보지도 않고 책장만 넘기는 거야. 내 머리카락은 연신 날리고 있었고.

단은 검지를 들어 자신의 귀밑머리를 뒤로 젖히며 당시를 재현했다. 그녀의 모습이 귀엽다고 생각하며 나는 미소 지었다.

어쩌겠어. 내가 피할 수밖에. 탁, 소리 나게 일어나 다른 의자로 자리를 옮겼어. 화를 참으며 눈을 감고 있었는데 책장 넘기는 소리가 한동안 요란하더니 그 아줌마 시끄럽게 전화까지 받더라. 아랑곳하지 않고 사람들 다 들리게 큰 소리로 말하는데 내용은 이래. 남편 감기 걸려서 병원 왔다. 진료 끝날 때 기다리고 있고 나오면 남편이랑 같이 찜질방 가기로 했다.

말하고는 단은 심통이라도 난 얼굴로 나에게 대뜸 물었다.

뭔가 이상하지 않아?

뭐가?

남에 대한 최소한의 예의도 없는 여자가 남편과 함께 찜질방을 가는 케미가 된다는 게 말야. 오십 대 중반은 족히 넘은 것 같던데. 말이 돼?

남자도 똑같은 사람인가 보지. 뭐.

그렇담 더 못 살아야지. 서로 그럴 텐데. 누군 배려하고 예의 바르게 살아도 외로운 인생이 되기도 하잖아. 찜질방이 뭐야. 같이 밥 먹기도 힘든데.

너, 여전하구나. 복잡한 생각은 되도록 하지 마.

나는 비어 있는 단의 잔에 술을 담았다. 외로운 인생이라는 말이 유독 귀에 거슬렸다. 그녀는 얼마 전 이혼을 하고 노모와 다섯 살 아들 셋이 함께 생활하고 있었고 나는 아내가 있지만 7년 동안 만나던 여자 친구와 수십 번 헤어지고 만나기를 거듭하다 지난달 헤어졌다. 외로운 인생이라는 굴레를 벗어난 사람이 있을 것 같지 않앉다. 그녀가 헛기침으로 목을 가다듬으며 아르바이트생으로 보이는 앳된 종업원을 불렀다.

이것 좀 어떻게 해주세요. 먹을 수 있게. 아무튼요.

식탁 위에는 노릇노릇하게 구워진 통닭이 볼록한 배를 내놓고 한쪽 뒷다리는 경직된 채로 다른 뒷다리는 느슨하게 벌어진 채 놓여있었다. 종업원은 바로 대답하지 못하고 약간 당황하는 듯했다. 그러다 익숙한 손놀림으로 안주가 담긴 접시를 들고 주방 쪽으로 갔다. 서른 중반을 바라보는 우리는 알게 된 지 십여 년이 지났고 일 년에 두어 번 보기도 하고 못 보기도 하는 사이였다. 일 년 만이었다.

나와 단은 어느 학교에서 특별한 아르바이트를 하면서 알게 되었다. 휴학 중이던 학교를 아예 그만두었어도 대출금은 남아 있었으므로 순전히 다른 일에 비해 시급이 높은 편이라는 게 이유였다. 용기까지는 아니더라도 쉽지 않은 일이었다. 한순간의 감정, 단시간의 묘사, 선의 강약만으로 표현되는 누드 크로키. 수업시간 동안 다른 생각은 하지 않았다. 몇 분이 남았을까. 이 자세는 근육에 무리를 주고 있다. 20분 단위는 균형 잡기에 어려움이 없어야 하는데 실수했다. 돌아버리겠네. 단지 이런 생각들로 시간을 보냈다. 나도 그녀도 그리는 사람이 아니라 그려지는 모델이었으니까.

그 자리에서 뛰쳐나왔어. 누드 크로키는 우연에 가까운 작업 아니냐고 반문하면서 우연 속에서 집요한 눈길을 마주한 순간이었다고 단이 말했다. 교수는 그녀에게 20분과 5분 단위를 주문했고 오십 분 동안 그녀는 20분의 자세와 5분 자세를 번갈아 취했다. 준비한 음악 CD를 틀고 입고 있던 가운을 벗었다. 피아노 연주곡이 흐르는 가운데 엎드린 자세에서 두 팔로 바닥을 짚고 허리를 비틀어 골반을 기울인 상태로 움직임을 멈추었다. 주어진 시간 동안 모델은 안정적으로 유지할 수 있는 자세를 취해야 하고 그 사이의 단절감을 최소화해야 했다.

망가지고 싶어. 그녀가 말했을 때 움직임을 멈추고 잠시 가만히 있던 기억이 난다. 술을 많이 마시겠다는 말인가 하여 그녀의 술잔이 비어있는지 바라보면서. 오고 가며 얼굴은 보았어도 둘이 마주 앉은 건 처음이었다. 그러니까 첫 만남인 셈인데 그런 가운데 나누는 대화치고는 뜬금없으면서도 뭐랄까 조금 편안한 기분이었다.

왜?

망가지고 싶다고 말할 수 있는 여자와 가까워질 생각은 없었다. 하지만 나는 물었는데 궁금하다기보다는 선입견을 품고 단을 판단하지 않기 위해서였다.

공연히 그래. 너는 그런 적 없어?

그녀가 조용히 대답했다. 공연히, 라는 말에 편안했던 기분이 차츰 불편해지는 걸 느꼈다. 그 말은 망가질까 봐 두려운 속내를 감춘 말간 눈으로 나를 바라보는 느낌을 주었고 한편으론 망가지기 위해 내게 도움을 청하는 것처럼 들리기도 했다.

글쎄.

공연히 그럴 수도 있고 그런 적도 있었지만, 나는 누군가에게 말해본 적이 없었다.

고장 나는 것과 비슷한 건가?

아니. 바닥에 고개를 처박아야만 망가진 건 아니야. 비밀스럽게 위험해지는 게 망가지는 거지. 그 차이야.

그런 말을 하는 동안 단의 혀가 꼬이거나 몸을 가누지 못할 정도가 아니었으므로 그녀의 잔이 비지 않도록 나는 술병을 내 쪽으로 가지고 왔고 술잔을 채웠다.

고장 나는 것과는 달라. 의지가 있어야 해.

이해하기 어려운 말이 술잔에 채워지고 비워지는 내내 우리는 취해갔다. 나는 군대 전역 후에도 아르바이트를 전전하고 있었고 그녀는 복학하고 마지막 학기를 앞두고 있을 때였다. 술은 어디에도 머물지 않았다. 그러나 그녀는 물론 급하게 마신 나도 망가졌다는 기분은 들지 않았다. 말해본 적 없는 유치한 말, 입에 담기에 차마 찌질한 말들. 이를테면 당하거나 감당했던 어떤 일들이 누군가가, 혹은 삶이 내게 저지른 범죄처럼 생각되는 것들에 관하여. 비밀은 아니고 고백도 아닌 두서없는 말을 아무렇게나 쏟아 낸 후에도 마찬가지였다. 우리는 멀쩡히 앉아 논리적일 리 없는 서로의 말을 알아들을 수 있다는 것만으로도 망가졌다는 기분은 들지 않았다. 모든 게 지극히 일반적인 것으로 느껴질 뿐이었다. 그러나 듣기는 했어도 기억에 남는 건 없었고 이해까지는 하려 하지 않았다.

그걸 가만뒀어? 밟아버렸어야지. 내가 밟는다고 아프겠니? 하긴. 어느덧 서로의 목소리에 리듬이 붙기 시작하면 말의 뜻 이전에 소리의 울림만은 고스란히 전해졌다. 등신. 왜 참는 거야. 극기 훈련하냐? 넌 모른다. 그러는 넌 아냐? 소리가 허물어지고 술기운이 손끝과 발끝까지 흐르면 과장된 몸짓을 하지 않을 수 없었다. 이미 망가져 버렸어도 세상을 밟고 올라선 양 언성을 높이고 말을 하면 아직은 망가지지 않았다고 생각했고 그 순간이 되면 우리는 어두울 만치 붉어진 얼굴로 마음껏 흥분하기 시작했다, 비로소 초라한 기분이 어떤 상태인지 가물거리게 될 때였다.

갈기갈기 찢긴 닭살이 접시에 담겨 나왔다. 종업원은 아까보다 여유로워진 표정이었다. 별의별 요구를 하는 사람들이 있는 세상이니 이 정도는 이해한다는 식이었다. 앳된 얼굴로 요구사항이 더 없는지 묻는 눈으로 우리를 쳐다보다 돌아갔다.

얼마 전부터 농구를 시작했어. 아마추어 동호회야.

그래? 재밌겠다. 농구면 일반인들인데도 너처럼 다들 키가 큰가?

아니. 평균 신장이 175가 안돼. 이번에 친선 경기하기로 해서 편을 나누었어. 술을 마셔서 코가 빨개지면 루돌프 팀, 얼굴이 빨개지면 산타 팀이야.

단이 웃으며 재밌다, 재밌다를 연발했다.

근데 반대 아니야? 코가 빨개지면 산타 팀. 얼굴이 빨개지면 루돌프 팀. 잠깐만 근데 나, 이 얘기 작년 겨울에도 들었던 거 같아. 너한테 분명히 들었어. 그때도 지금처럼 내가 웃었어. 맞지?

작년에 그 친구가 말해준 거야. 편 가를 때 좋은 방법이라고. 생각나길래 동호회에서 내가 건의했더니 반응이 나쁘지 않았어.

그 친구?

단은 여자 친구에 관하여 말하는 나를 처음부터 지금까지 한 번도 힐난한 적이 없었다. 그저 아내와 어떤 문제가 있는 거냐고 물었고 아무런 문제가 없다는 내 대답에 입을 동그랗게 벌리고 무슨 말인가를 삼킬 뿐이었다.

나, 그 친구와 헤어졌어.

매번 헤어지고 만났잖아. 단은 혼잣말처럼 중얼거리다 내게 괜찮냐고 물었다. 누군가와 헤어진 친구에게 의례적으로 던질 수 있는 질문이었을 테지만 나는 내 감정을 굳이 숨기지 않았다.

매일매일 견디고 있어. 전화 걸고 싶고 목소리 듣고 싶고 만나고 싶어.

그럴 거면서 왜 만났니? 아니 왜 헤어졌어?

매번 같은 이유지.

아내가 아침에 일어나 간밤에 꾼 꿈 이야기를 하는 날이면 어릴 적 색연필을 쥐고 하늘 아래 서 있는 나무를 그리곤 하던 때가 떠올랐다. 눈부심이 쏟아지기를 멈추고 해가 저문 시각에 그늘을 만들지 않는 나무였다. 혼란스럽지 않아 미더웠으나 그 앞에서 나는 나답지 않았다. 그리고 퇴근 후 만난 여자 친구에게서 그날 있었던 소소한 일들에 관해 듣고 있노라면 색연필로 나무를 그리다 문득 떠오른 호수를 그려 넣기도 했고 그러다 분방하게 모든 경계를 지우고 바다를 채우기도 했다. 내가 그린 나무가 그 바닷속에서 휩쓸리다 닳아 없어질 때쯤 누군가를 아프게 생각하지 않아도 되는 시간이 내게 잠시 주어졌다.

여자 친구가 내 어깨에 머리를 기대면 그대로 반 시간쯤 졸곤 했는데 깨어나 나서려 할 때 가지 말라고 말하며 내 품에 들어와. 그녀의 움츠린 어깨를 감싸고 등을 쓸면서 나는 여자 친구와의 이별을 생각했어.

단은 눈빛으로 내게 이유를 묻고 있었다.

아내가 나를 바라볼 때 늘 짓곤 하는 표정이 있는데 어떤 줄 알아? 불행의 기미는 보이지 않고 늘 평안한 표정이야.

단은 가만히 듣고 있다가 창밖으로 고개를 돌렸다. 어느새 비는 그치고 어두워진 창 너머로 전선이 복잡하게 얽힌 전신주가 보였다. 살아가는 일에 저토록 많은 통로가 필요한지 의문이 들었다. 옆 테이블에 앉은 아주머니의 조곤조곤한 말소리에 뒤이어 누군가의 술잔이 탁자에 놓이는 소리가 크게 들렸다. 그녀가 잠시 놀라며 옆 테이블을 곁눈으로 바라봤다.

여자 친구 연락 왔었어.

그래서 결국은.

안 받았어. 그리고 연락 안 했어.

카페 안이 다시 왁자지껄해졌다. 의자에 깊숙이 앉아있던 그녀가 몸을 곧추세우고 테이블 위에 팔꿈치를 올리고는 앞으로 기울였다.

나, 며칠 전, 기 선배 봤어.

닭고기 한 점을 입으로 가져가며 그녀가 말했는데 이제야 말문을 연 듯 보였다.

집 앞 공원에서 걷고 있었거든. 앞서가던 어떤 남자가 왼쪽 계단으로 내려가려고 몸을 돌렸는데 옆모습이 그였어. 어린아이들과 중년의 여자와 함께였는데 상황적으로는 있을 수 없는 얘기야. 그

동안 애를 낳았을 리도 없고. 무엇보다 누군가와 함께 공원 같은 곳을 산책할 사람이 아니거든. 한 번도 그런 적이 없었어.

단은 기 선배와 헤어졌을 당시, 비가 오는 어느 날 망가지고 싶다고 말하는 대신 내 앞에서 처음으로 울었다. 나는 기 선배와 단이 어떤 관계인지는 묻지 않았다. 소리 없이 그녀의 뺨 위로 내려 턱 끝에 맺힌 눈물이 한 방울 떨어지고 있을 때 나는 주머니에 있는 핸드폰을 꺼내 문자를 확인했다. 나를 혼자 내버려 두는 사람 이제 싫어하려고. 잘 지내. 여자 친구에게서 다섯 번째 이별 통보가 와있었다. 아주 지루한 영화를 보는 기분이었다. 단이 몇 차례 훌쩍이다 눈물을 닦고는 말했다. 밥은 잘 먹고 다니겠지? 단의 감정은 선배에 대한 연민 비슷한 거라고만 생각했다.

가게 안의 소란이 조금씩 잦아들고 있었다. 술잔을 만지작거리며 단이 말을 이었다.

확인이라도 해야 했는데 고개를 움직일 수가 없었어. 왜 그런지는 모르겠지만, 심장이 떨려서 다시 볼 수가 없었어. 그저 조금 지나쳐 걷다가 뒤돌아보았는데 반바지 아래로 그의 종아리가 보였어. 그런데 말이지…….

단의 눈빛이 둥근 갓을 쓴 백열등 불빛 아래에서 반짝였다.

기 선배의 종아리가 기억이 나지 않는 거야. 사 년 가까이 같이 살았는데.

함께 살면서 갖게 되는 어떤 의무처럼 헤어진 후 기억하거나 알아보는 게 당연한 건 아니었다. 그녀는 그런 자신을 이해할 수 없다는 얼굴로 수저를 씌웠던 포장지를 두 손으로 잘게 조각내고 있었다.

그 정도 살면 걸음걸이만 봐도, 뒷모습만 봐도 알 수 있지 않을까? 종아리쯤은 알아볼 것 같은데. 이상해. 그 사람을 잊은 적이 없는데 기억이 안 나.

그는 누구였을까. 기 선배를 닮은 사람이었을까. 동행한 사람들은 누군가의 식구들이었을 터였다. 단은 그것이 궁금한 것 같지는 않았다. 함께 살던 기 선배의 종아리가 기억나지 않는다는 사실이 당황스러운 것 같았다.

기 선배는 내가 휴학계를 내던 3학년 때 얼굴만 몇 번 마주친 복학생이었다. 말이 없고 내성적인 성격으로 보였지만 웃음소리는 크고 길었다. 바다에 있다는 말이 그저 바다에 갔다는 말인 줄 알았어. 기 선배가 바다에 들어갔대. 내게 단이 말했다. 수화기 너머 들리는 빗소리 사이로 단의 목소리는 똑똑히 들릴 만큼 떨리고 있었다. 그렇게 번번이 웃던 사람이 바다에 들어가리라고는 생각하지 못했어.

그 후 간혹 모임에서 보곤 하던 어느 날 단이 누군가의 이야기를 했다.

나 어제 남자 만났어. 소개받았어.

어떤 사람이냐고 물어보려다 가만히 있었다.

할 말이 너무 없어서 누구나 다 하는 얘기만 하고 헤어졌어. 취미가 뭐예요. 집이 어디예요. 혈액형은. 뭐 그런 거 있잖아. 근데 그 사람 좀.

그녀가 잠시 말문을 닫고 피식 웃었다.

취미가 뭐냐고 묻더라고. 흔한 질문인데 딱히 나도 내 취미를 잘 모르겠어서 대답을 생각하고 있는데 그 사람이 먼저 말하는 거야. 혹시 취미가 자세를 연구하는 거 아니냐면서. 그럴 때 옷은 입고 있는지 묻더라.

그녀가 다시 또 그렇게 웃었다.

미친 새끼.

농담으로 그럴 수도 있잖아.

그게 농담으로 들려?

나는 단에게 혹여 그 사람이 마음에 드는 거냐고 물어보려다 관두었다.

내 얘기를 우스갯소리로 할 수 있다는 건 그게 별일 아니라는 얘기잖아.

별일이라 그럴 수도 있어. 술맛 떨어진다.

나는 약간의 짜증이 났다. 오래 참견하거나 생각하고 싶지 않았다. 하지만 나는 곧 나의 말을 후회하고 있었는지도 모른다. 옷을 벗고 취할 자세를 연구하는 것이 생존이 아니라 취미 아니냐고 물을 수 있는 사람이라면 오히려 위험한 사람은 아닐 듯했다.

잘못 들어선 길 위에서나 지었을 표정이었어. 이런 경험은 처음이라는 식으로.

단이 말하고는 눈길을 내리고 까슬까슬해 보이는 입술을 뜯었다. 선으로만 인체를 스케치해야 하고 그러려면 집중과 빠른 손놀림이 있어야 하는데 한 남자가 그녀를 바라보며 손놀림을 멈추고 있었다고. 표정의 변화를 살피는 듯한 남자의 눈길이 그녀의 얼굴에 머물러 있던 그 순간, 자세를 바꾸느라 정지해 있던 몸을 움직여 다른 정지에 이르기까지 시간이 길게 느껴졌으리라. 단의 눈빛이 가늘게 흔들리고 있을 당시의 기분을 나는 짐작했다. 나는 그녀가 전보다, 처음 만났을 때보다도 망가져 있다는 인상을 받았다. 뛰쳐나오며 가운을 채 걸치지 못하고 허둥거렸을 단의 외로움이 느껴졌기 때문일지도 몰랐다. 정작 본인은 보지 못하는 자신을, 혹은 너무나도 잘 알고 있는 자신을 다른 누군가가 관람할 때 느껴지는 외로움. 나도 알고 있었다.

나를 바라보는 자세가 꼭 사마귀 같았어.

단이 피식 웃음 지었다. 그녀다웠다. 나의 기분이 조금도 나아질 리는 없지만, 그녀를 따라서 웃었다. 누군가의 눈빛. 나 또한 그 우연에서조차 나를 들키고 싶지 않았던 적이 있었다. 그녀도 마찬가지였을 거라고 짐작만 할 뿐, 묻지는 않다. 망가지고 싶다는 단의 말이 내 가슴 어느 구석에선가 꼴을 세우고 있었다. 단은 그 당시 그러니까 뛰쳐나오기 전에 하고 있던 자세를 내 앞에서 취한 채였다. 한쪽 팔을 머리 뒤에 올리고 옆으로 비스듬히 기울인 자세로 고개를 들었다. 다소 우스워져서 우리는 웃었고 마침내 단순해진 것 같았으나 어쩐지 조금 서러운 기분이 들기도 했다.

옷을 다 벗은 채로 누워있을 생각은 추호도 없었어.

그건 찰나를 표현하는 것에 위반하는 일이라고 말하며 그녀는 비스듬히 누워 있던 몸을 일으켰다.

잦아들었던 비가 다시 내리기 시작했지만, 밖은 조용했다. 옆 테이블의 중년 부부의 목소리가 조금 크게 들려왔다. 서로의 소리를 앞서기 위해 먼저 말을 꺼내려 안간힘을 쓰고 있었다. 고개 돌려 바라보니 벌겋게 상기된 아저씨와 가게 입구 쪽으로 고개를 돌린 채 손부채 질을 하는 아주머니가 보였다.

그 남자가 그 남자야.

알아.

단은 내게 처음 들려주는 것처럼 얘기했지만, 나는 놀라지 않았다. 그녀의 두서없는 이야기를 나는 기억했다. 굳이 기억하려는 건 아니었고 언젠가 들어서 알고 있는 식이었다. 사마귀 같은 남자와 소개팅. 그리고 전 남편. 그녀가 생각하기에도 그러한 만남이 이해할 수 없는지 턱을 괸 채 잠시 눈길을 내리고 숨을 내쉬었다. 예의 없이 쓰레기 같은 말을 쏟고도 그런 누가 누군가의 삶에 개입할 수 있다는 사실을 나는 용납할 수 없었다.

너무 급하게 마시지 마.

단이 내게 말했다. 술잔을 비우고 내려놓는 순간이었다. 그러고 보니 어느 순간부터 그녀는 술을 자제하고 있었다.

너, 예전에 곧잘 망가지고 싶다고 했었는데.

내가 그랬어?

내가 건넨 말만큼이나 단의 물음도 느닷없다는 생각이 들었다. 너무나도 밝은 그녀의 대꾸가 조금 당황스러웠다.

망가지는 데도 자격이 필요해. 참 어렵지.

어려운 세상을 살다 보면 쉽지 않은 사람이 된다는 듯 그녀가 말하고는 실없이 웃었다.

왜 그런 사람과 결혼했니?

나의 질문은 그녀에게 핀잔이라도 주는 투였다.

이상하네. 왜 이혼했는지가 아니라 왜 결혼했냐고 묻는 거잖아.

그런 사람이라고 했니? 그것도 이상해. 어떤 사람이면 그런 사람이라고 하지?

그녀의 말을 이해하는 데는 어느 정도 시간이 필요했다. 적어도 나는 그런 사람과 다른 사람이라고 말할 수 있을 줄 알았는데 아니었다.

나를 오랫동안 바라본 사람이야. 그리고 이건 조금 다른 얘긴데. 기 선배를 좋아하던 친구가 있었어.

단이 말했다.

그 선배 여자들한테 인기가 꽤 많았지.

내가 기 선배와 한동안 살았다고 했더니 그 친구가 물잔을 집어 던졌어. 테이블에 부딪혀 유리잔이 산산이 박살이 났는데 나는 그 조각을 내 손에 움켜쥐는 상상을 하고 있었어. 손바닥에서 흘러 내린 피가 내 눈을 적시는 거지. 유리 파편이 여기저기 흩어진 테이블에 바보처럼 앉아 그런 생각만 하고 있었던 거야. 그날 저녁이나 먹자며 사마귀 닮은 남자가 전화가 왔을 때 나는 오히려 반가웠어. 자학하기에 딱 좋은 시간이 될 거 같았거든. 얘기해야 할까 망설이다가 박살 난 물잔 이야기를 그 사람한테 말했어. 나를 가만히 바라보다 그 친구가 내게 어떤 친구냐고 묻더라. 같은 과 동기이지만 최근에야 알게 된 사이라는 대답에 그가 그랬어.

뭐라고?

허접스러운 사람이라고.

그게 결혼한 이유야?

그래. 그랬어. 이상해? 그 개 같은 허접스럽다는 소리에 속이 다시원했어. 유리잔을 집어 던진 친구가 아니라 그런 일에 벌벌 떨고 있던 내게 하는 말 같았거든. 쉽게 얘기할까? 그런 사람이라면 어떤 상황에서도 현실을 똑바로 바라보고 악착같이 살 것 같았어. 복장이 터지고 더럽게 억울한 일이 있어도 치사하게 비겁하게도 살수 있을 만큼 유연할 것 같았다고. 내 말 무슨 말인지 알겠어?

선배 얘기야?

기 선배는 눈곱만큼도 다른 사람을 배려하지 않았어.

어디선가 휴대전화 벨 소리가 울리고 누군가의 목소리가 들려왔다. 나와. 일단 나와 보라고. 상대방을 불러내고 있는 것 같았다. 상대방은 여자일까. 남자일까. 잠시 그런 생각을 했다.

재미있는 얘기 해줄까? 살벌한 얘기기도 해.

내 말에 단은 가늘게 뜬 눈으로 고개를 갸웃했다.

오늘 운전 중에 있었던 일이야. 어떤 사람이 내게 소리를 지르는 거야. 이렇게. 야! 이 미친 새끼야. 그렇게 끼어들면 어떡해?

누군데?

어느 택시가 바짝 내 차 옆에 붙더니 기사가 그러는 거야. 깜짝 놀랐지. 무리하게 차선을 바꾸긴 했지만, 욕까지 들을 일은 아니었거든. 미안한 것보다 그 순간 대뜸 내지르는 소리와 그 표정에 나는 무척 열이 받았어. 그러나 어쩌겠어. 한쪽 손을 들고 태연히 고개 한번 숙여주고는 택시 앞으로 쌩하니 들어갔지. 속도를 높였는데 내 뒤에서 지그재그를 그리던 택시가 다시 내 차 옆으로 가까이 붙더니 또 소리를 질러. 야, 이 새끼야. 부모 잘 만나서 수입차 끌고 다니냐? 운전이나 똑바로 해! 벌게진 얼굴로 삿대질까지 해대. 술이라도 퍼마신 것처럼. 그런 말 들을 정도로 내가 어려 보여?

글쎄.

열이 받더라고. 처음엔 저것도 욕인가 싶었는데 듣고 보니 정말 짜증 나는 말이었어. 고객이 수리 맡긴 차를 가져다주는 길이었는데. 판매에 도움이 될까 싶어 시키는 일은 뭐든 다 하는 자세로 임하는 중이었거든.

그녀는 가만히 듣고 있었다. 대학 자퇴 후 육 년 만에 얻은 첫 직장이었다. 이제 오 년째 접어들고 있는 자동차 영업사원이지만 아직도 자리를 잡지 못하고 있는 상태였다. 이번 달 처음으로 성사한 매매 건은 알선업자가 중간에서 잔금을 받아 날랐다. 어디로 갔는지 찾을 수도 없고 연락이 닿지도 않았다. 그저 매일 그 작자가 몸담고 있던 상사를 들락거리는 게 일이었다. 다른 날과 마찬가지로 오리무중인 상태만을 확인한 날이었다. 잡히기만 해봐. 가뜩이나 열 받아있는 내 앞에서 택시는 보복 운전이랍시고 브레이크를 여러 번 잡고 있었다.

죽으려고 환장했더라고.

내 거친 말투와 표정에 그녀의 가느다란 눈이 약간 커졌다.

갑자기 막 웃긴 거야. 내가 살아가는데 보태준 것도 없으면서 저 기사가 대체 왜 저러나 싶었지. 수입차 끌고 다니는 것과 부모 잘 만난 것이 무슨 상관이 있을까 싶기도 하고. 그러거나 말거나 그렇게 생각해 준다니 고마울 지경이라 일일이 따지지 않으려고 했는데, 왠지 미치기 일보 직전이었어. 나 욕하는 건 참아도 부모 참견하는 건 참을 수가 없으니까. 택시 옆에 부딪힐 정도로 바싹 붙어 반쯤 내렸던 창문을 끝까지 내리고 내 얼굴을 훤하게 보여줬어. 그리고 어떻게 했는지 알아? 택시를 향해 침을 뱉었어.

겨우.

택시기사의 무례한 행동보다 침 따위를 뱉은 나의 행동이 그녀는 더욱 놀라운 것 같았다. 그녀가 미간을 찡그렸다.

눈치가 빠르더라고. 기사가 서둘러 창문을 올려. 유리창에 침인지 빗물인지가 흘러내리고 있는 그 사이 이번엔 내가 소리쳤어. 부럽냐 이 십새끼야. 맨날 화내고 존나 우는 엄마만 있었다. 그러는 너는 부모 잘 만나서 이 더운데 길밥 먹고 다니냐?

길밥?

그래. 길밥. 따지고 보면 나도 길을 돌아다녀야 먹고 살 수 있는 인간인데 말이지. 같은 처지라는 말이야.

나의 말에 귀를 기울이는 모습이었지만 단의 눈길은 먼 곳을 향해 있었다.

택시기사가 무슨 김밥 타령이냐는 표정을 짓는 거야. 그리고는 미친 새끼, 한마디 던지고는 도망치듯 전력 질주를 하더라. 무식한 게 제일 무섭다고 서슬 퍼런 내 기운에 겁도 났을 테지. 나는 길밥이라고 했는데, 제대로 알아들었다면 아마 차를 세우고 내 멱살을 잡았겠지?

아마도.

멱살이라도 잡혔다면 듣도 보도 못한 험한 말을 외치며 차에서 뛰어내렸을 텐데. 택시기사가 운 좋게 모면한 것 같아 짜증이 나면서 뭔가 아쉬운 감정이 내 화를 돋우고 있었어. 조절이 안 되는 거야. 택시를 쫓아갔지.

뭘 어쩌려고?

죽으려고 환장했으니까.

그래서 죽이려고?

응.

세차게 내리는 빗소리에 우리의 대화가 조용해졌다. 내가 차를 가로막고 기사에게 다가갔을 때 그는 화가 나서 씩씩거리고 있었음에도 눈빛은 두려움에 떨고 있었다. 부모 얘기는 그렇게 함부로 하는 게 아니야. 목소리를 낮춰 말하고는 기사 목덜미를 움켜잡았다. 그의 손과 발이 허공을 쑤석거리고 있는데 나는 그 손짓 발짓에 무척 신경이 곤두섰고 눈앞이 어지러워 어서 빨리 얌전하게 만들고 싶었다. 더구나 나를 바라보는 경멸의 눈빛. 뭔가를 보고 확인하는 그 눈빛. 나는 선택의 여지가 없었다. 선택의 여지가 없다는 건 지루한 일이었으므로 서둘렀다. 울분이 가득 들어찬 손아귀에 더욱 힘을 주었다.

살인사건이네.

경직된 얼굴인데도 기사 눈에는 나에 대한 증오로 가득 찼어. 죽여버리고 싶더라. 살인을 이해하게 된 것도 망가진 걸까?

널 죽인 얘기잖아. 그럼 아직이야.

한숨을 쉬며 허리를 구부리고는 그녀가 식탁에 그대로 엎드렸다. 이해하게 됐다고? 그럴 필요 없어. 중얼거리고는 잠시 후 몸을 일으켜 나를 바라보았다.

이해하게 됐다고 했어? 선배는 살인을 저지르지 않았어. 그저 시비 중에 몸싸움하지 않기 위해 밀었을 뿐이야.

단이 말하고는 두 팔로 테이블을 짚고 상체를 꼿꼿하게 세웠다. 술에 취해 몸을 가누기 힘든 줄 알았는데 그 정도는 아닌듯했다. 빗소리가 더욱 분명해지고 거세졌다. 맞아, 비가 오고 있었다.

아니, 죽으려고 그랬다 쳐. 그래서 뭐? 술 처먹고 운전한 새끼가

돈으로 권력으로 변호인단을 꾸렸어. 아주 근사하게. 사람의 목숨을 빼앗아 놓고 말이지. 그런 인간을 가만두는 사람이 세상천지에 어디 있어. 하지만 밀쳤을 뿐이야. 몰지각한 그 인간이 중심 못 잡고 넘어진 거라고. 그게 진실이야.

말하며 단은 자세를 고치고 큰 호흡을 짧게 내뱉었다. 나는 앞에 놓인 색이 바랜 플라스틱 잔에 물을 채우다 단에게 물었다.

나는 누군가를 배려하는 인간으로 보여? 솔직히 말해봐.

조금은 장난스러운 투로 말했다.

배려할 일도 배려를 기대할 일도 없겠지.

진지하게 대꾸하고는 그녀가 물을 찾았다. 플라스틱 잔에 물을 가득 채우고는 물끄러미 나를 바라볼 뿐이었다.

거기까지. 넌 아무것도 아니길 원했으니까.

내가?

넌 누군가를 보지 않고 너를 보여주지도 않아. 보는 건 부담스럽고 보여주는 건 피곤한 거야. 공감할 수 있는 게 고작 우울일 테니까.

나는 조금은 억울한 심정으로 단의 시선을 피했다. 그녀는 언제부터 나를 바라보고 있었던 걸까. 자신을 보여주면서 나를 판단하며 단정하고 있었던 걸까.

어둑새벽이 오려면 아직 먼 시간이었다. 단과 나는 자리에서 일어났다. 여전히 비가 내리고 있었다.

우리는 배야. 배.

단의 몸이 약간 기우뚱거리고 있었지만 내게 다가오지 않았고 겅중거리며 걷다가 물살을 헤치듯 팔을 휘적거리면서 말했다.

정박하기 위한 게 아니니까.

이번엔 내가 말하며 그녀를 바라보았다.

나 여자 친구와 헤어지고 뻘짓도 해봤다. 예전에 한 번 관계했던 유부녀에게 전화를 걸었어. 섹스파트너 하자고. 그랬더니 바로 오케이 하더라.

단이 눈을 찡그리며 나를 바라보는 게 느껴졌다.

너무 쉽게 승낙하니까 오히려 고민이 되는 거야. 그 여자 사운드가 별로였거든. 관계할 때 신경에 거슬리는 고양이 울음소리를 내. 잠시 가만히 있었더니 그 여자가 뜻밖에도 이렇게 물어. 만날 때 딜도를 가져가도 되냐고. 그래서 얼마든지 그러라고 했지.

그래서?

연락 안 했어.

네가 정말 원하는 게 뭐야? 듣고 보니 그렇잖아.

섹스든 여자 친구든 아내에게 말하고 싶었는데 말하지 않았어. 흔들릴 준비가 되어있지 않은 사람을 흔드는 일은 마치 강간범이

된 기분이야. 아내는 내게 생각은 묻되 나의 감정은 묻지 않아. 나를 이해하려 애쓰며 다그치지 않고 나에 관해 속속들이 알려고 노력하지 않아. 그러니까 나는 그냥 옆에 있는 사람인 거야. 혼자 내버려두기를 바랄 만큼 내게 기대오지 않는 아내와 헤어질 수는 없잖아.

네 말 무슨 말인지 나는 잘 모르겠어.

감정은 없고 방향만 있는 게 편해. 어느 순간부터 그렇게 됐는지 모르겠어. 아내가 내게 상처를 주지 않는 것처럼 나도 상처를 주지 않는 거야. 생각해보면 인색하고 더 슬픈 일인데 말이지. 서로 잃어가고 있는 것에 관해 염려하거나 고민하지 않는 관계.

나는 계속 나아가야 한다는 것 말고 다른 생각은 하지 않으려 했다. 두 사람이 팔을 부대끼며 걷기에도 비좁은 뒷골목으로 들어갔다. 바닥의 보도블록은 곳곳이 튀어나와 넘어지지 않도록 발을 들어 올리며 걸어야 했기 때문에 비실비실 웃기까지 했지만 내 웃음소리가 무척이나 낯설었다. 골목 끝에 허름한 모텔이 보였다. 간판엔 선인장이라고 쓰여 있었다.

저기, 봐.

세상이 다 사막 같네.

기와지붕 옆으로 슬레이트를 허술하게 받쳐놓은 것이 위태롭게 보였고 간판은 지독히 낡아 전기 흐르는 소리가 마치 찌르레기 울음소리로 들리는 보기 드문 여인숙이었다. 가시로 변한 잎을 곤두세운 볼품없는 선인장처럼 보였다. 냄새나고 침침하고 눅눅한 곳이었는데 우리는 요원한 다른 주변을 배회하지 않았다.

무슨 용도였는지는 모르지만, 입구에 배치해 놓은 먼지 쌓인 갖가지 기구들을 지나쳐 계단을 올라갔다. 발을 내디딜 때마다 카펫에서 습기가 흘러내리는 듯했고 누군가의 신음이 공포에 가까웠는데 그런 인상을 받아도 우리는 내색하지 않았다. 다만 방에 들어가서 문을 걸어 잠그는 것을 잊지 않았다. 그러고는 흐트러진 채 옆구리에 끼고 온 미지근해진 술을 탁자 위에 내려놓고 누군가를 원해서가 아니라 그 누군가를 원하지 않기 위해 우리는 망가뜨려주기를 바라는 눈길로 바라봤다.

단은 아무런 말도 하지 않았다. 그러나 나는 오래된 습관처럼 불감을 끌어안고 내 안에 웅크리고 있는 난폭함을 마주했을 때 당황할법한 수치심이 없었다. 언젠가 망가지고 싶다던 그녀 앞에 나도 그렇다고 말하고 있을 뿐이라는 변명으로 벅찼으므로 나는 그런 것들로부터 거리를 둘 수 있었다. 십여 년 전 나는 종종 그녀를 망가뜨릴 수 있을지 모른다는 생각을 했다. 그건 나도 망가져야 하는 아주 이상한 감정이었고 폭력에 가까운 그러나 서투르지 않은 생각이었다.

내게 망가지고 싶다고 말해줘.

나의 말인지 단의 말인지 알 수가 없었다. 나는 숨을 몰아쉬며 그녀에게 가까이 다가갔다.

그럴 필요까지 없을 것 같은데.

술을 마셨다고는 하지만 단의 말은 어려웠다. 그러나 헤아리기 전에 나는 내가 더 망가져야 할 것 같은 기분에 마음이 조급해졌다. 그러니까 우리는 서로에게 폭력적인 거였다.

나를 바라봐.

채근이라도 하는 투로 말했고 단은 나에게서 시선을 돌렸다.

6개월마다 호수가 생겨나는 사막이 있대. 비가 한꺼번에 쏟아지는 우기가 되면 그 호수에 물고기와 거북이 도마뱀 등 여러 종의 파충류가 발견되는데 그 물엔 염분이 전혀 없다는 거야. 그리고 건기가 찾아와 물이 말라버리면 그 생물들도 모두 없어진대. 죽는 게 아니라 어디론가 사라지는 거지.

잠시 허공 어딘가에 눈길을 두었다가 단이 얘기했다. 그녀의 목소리는 마치 하얀 사막의 모래가 바람에 날리는 모습을 떠오르게 했다.

대체 어디를 간 걸까. 우기가 되면 다시 나타나는데 그걸 보면 돌아오는 길을 알고 있다는 거잖아.

단이 물었다.

어디에서 오는 걸까?

알 수 없는 걸 묻는 그녀에게 해줄 말이 없었다. 나는 늘 이런 식이었다.

그럼 어디로 간 걸까?

나는 가만히 사막의 순백 모래 사이에 웅덩이처럼 생긴 십여 개의 호수를 그렸다. 그리고 돌아와 있는 모든 것들을 호수 안에 넣었다. 어쩌면 기억은 우기가 되면 생기는 호수에서 비롯되었는지도 모른다는 생각을 하면서.

난 물고기 할게. 넌 거북이. 어울린다.

나와 단은 오늘 만난 이후 처음으로 함께 웃었다. 그녀는 실없어하면서도 계속 웃었는데 어느 순간 보니 울고 있었다. 그녀의 눈물 앞에서 왠지 나는 돌이킬 수 없는 상태가 되어버렸다는 생각이 들었다.

너도 울어.

그녀가 나의 얼굴을 주먹으로 치며 소리쳤다. 머뭇머뭇하다가 기다리기라도 한 것처럼 나도 울기 시작했다. 이미 망가져 있었던 것은 아닌지, 아니라고 확신할 수도 없으면서 그렇게 되길 기다리고 있었다는 사실이 낯설지 않았다.

난 가끔 꾸움 말고 꿈을 꿔. 자꾸만. 너는?

야, 너 울지 마. 나, 우는 여자 딱 질색이야.

서로의 눈물을 온전히 이해하기는 어려웠지만, 인정하고 있었다. 우리 전처럼 볼 수 있을까. 우리가 뭘 했다고. 무슨 소릴 하는 거야. 못 볼 것 같아. 너 너무 폭력적이야. 우리는 서로에게 아무것도 못 할 거라는 거 알아. 단과 나는 그런 대화를 나누며 울다가 웃다가를 반복했고 망가졌다는 걸 다시 실감했다. 왜지? 궁금해? 단순한 거야. 그러기 싫으니까. 우리는 가능성이 없는 꿈을 이제는 꾸지 않게 되었다고 안도했다. 세상일도 사람도. 건기가 지나면 곧 우기가 올 테지만.

비가 오면 그 사막을 그려.

그녀가 말했다.

모두 돌아와 있는.

그럼 아직이야.

맞아. 아직이야. 우기가 오면 저 스스로 호수가 생기니까. 그런데 그들은 누구였을까.

기 선배가 아닐 거야.

그 사람이면 좋겠어.

누군가의 전부가 되어본 적도 누군가를 전부로 생각해 본 적도 없었다. 나는. 누군가와 함께하기 위해 나의 삶을 내준 적이 없으며 나를 혹은 누군가를 똑바로 바라본 적이 없다. 내 안의 흔적. 내 안의 기억. 밥을 먹다 함께 먹던 시간을 떠올리고, 텔레비전을 보다 함께 보던 순간을 떠올리고, 잠을 자다 함께 자던 자리에서 일어나 그리움에 관해 어려워한 기억이 없다. 그러나 비가 오면 함께 하던 누군가가 떠오른다는 사실은 알고 있다.

그리울 것 같아. 많이.

내가 그 손을 놓지 않았어야 했는데.

단이 말했다.

비가 계속 와.

셔츠

벽에 걸어둔 셔츠를 내려 들었다. 무늬가 없고 날염도 되어 있지 않은 하얀색 원단으로 그의 치수대로 주문 제작한 셔츠였다. 옷깃과 앞단 그리고 소매에 있는 단추를 모두 채워 입었다. 몇 번이고 입어보았는데 여느 때보다 길게 느껴졌다. 변형했던 디자인을 원래의 모습으로 수정했지만, 옷가슴에는 두 개의 주머니가 그대로 달려 있었다.

　그는 셔츠를 주문한 뒤 몇 차례 매장에 왔다. 처음엔 목 사이즈를 여유 있게 해달라고 왔고 그다음엔 디자인을 바꾸고 싶다고 했다. 앞단을 두 겹으로 해 단추가 보이지 않도록 했으면 좋겠다며 그렇게도 주문이 가능한 거냐고 물었다. 단추 집 덧단을

만들면 가능하다고 나는 대답했다. 서둘러 공장으로 뛰어가곤
했다. 그가 주문한 셔츠 원단이 어떤 날은 제단 판에서 순서를
기다리고 있었고 또 어떤 날은 재봉틀 밑에서 앞판과 뒤판이 붙
어 박음질이 되고 있었다. 더 이상의 가위질과 바느질을 멈추게
하고 주문서를 가져다 놓고 나는 하루하루 그를 기다렸다. 셔츠
의 완성날짜는 계속 미루어졌다.

그는 이 차선 도로를 사이에 두고 셔츠매장과 마주 보고 있는
가게에서 일했다. 단추의 구멍을 만드는 곳이었다. 큐, 나나, 라
는 간판을 내걸고 있는 열 평 남짓 되는 가게에는 그 이외에도
아저씨 두 분과 수선하는 아주머니들이 일했다. 진종일 시끄러
운 가운데 어지러운 헝겊 쪼가리와 엉켜 있는 색색의 실밥이 바
닥에서 들썩이고 있고 벽에 걸려있는 수십 개의 실패에서는 끊
임없이 먼지가 일었다. 일하는 시간이 대부분이었으나 그들은
소음과 떠다니는 먼지 속에서 말하고 웃고 밥을 먹었다. 블라우
스와 같이 작은 단추의 구멍은 나나라 불렀고 코트나 재킷 등의
큰 단춧구멍은 큐라 불렀는데 언제부터 만들어졌는지는 모를 용
어였다.

소규모 의류업체들은 대부분 기계가 없었기 때문에 큐, 나나
가게에는 주문량이 많았다. 그래 봐야 한 벌의 공임은 몇백 원에

불과했다. 의뢰받은 옷을 직접 가져오고, 작업한 후엔 다시 가져다주는 일로 그는 늘 바빴고 오토바이에 싣고 다니는 옷은 이삿짐으로 보일 정도의 부피였다.

　완성되지 않은 셔츠를 가지고 그곳에 간 적이 있다. 재봉틀과 몇 대의 기계 앞에서 사람들은 바삐 움직였다. 아무런 표정 없는 그도 검은 기름이 더께를 이루고 있는 기계 앞에 앉아 있었고 내가 셔츠를 내밀자 구멍이 만들어질 자리에 하얀 초크로 표시하고 노루발 아래에 밀어 넣었다. 드르륵, 하고 단추가 끼워질 부분은 틈이 생기고 그 가장자리는 풀어지지 않도록 오버로크가 쳐져서 나왔다. 셔츠의 마지막 구멍을 뚫고는 연결되어 있는 실을 쪽 가위로 자른 후 내게 건네주었다. 눈 마주칠 겨를도 없이 그는 수북이 쌓여 있는 옷들 사이에서 하나를 빼 들고는 다시 노루발 아래로 가져갔다.

　오전 열 시부터 사장이 출근하는 오후 네 시까지 나는 셔츠 자락의 실밥을 뜯거나 다림질을 하면서, 때로는 손님의 사이즈를 재며 차도 건너를 바라보았다. 오토바이에 실은 옷더미 사이로 고개를 똑바로 들지 못한 채 그는 파묻혀 있었고 나는 그런 그의 얼굴이 어디쯤 있는지 찾고는 했다. 그럼에도 균형을 잡는 건 대수롭지 않다는 듯, 그는 혼잡한 차도를 누비고 다녔다.

원하는 대로 맞춤을 해주나요?

손님의 방문을 알리는 낭랑한 풍경 소리와 함께 그의 목소리가 들렸다. 그렇게 가까이서 바라본 것도 목소리를 직접 듣는 것도 처음이었다. 그의 얼굴은 초록빛을 띠고 있었는데 단지 잎맥이 보이는 초록 잎사귀가 그려진 옷을 입었기 때문으로 생각되었다.

의자에서 일어난 그 자리에 나는 얼어붙었고 내 귓가에는 풍경 소리가 메아리치고 있었다. 햇볕에 그을린 얼굴인데도 그는 몹시 창백했고 눈물을 머금고 있는 것 같은 눈이 조명 아래 반짝거렸다. 오래전부터 그를 알고 있던 느낌이었다.

원하는 대로 맞춤을 해주나요?

내게 그가 다시 물었다. 천천히 다가오는 그를 바라보았다.

그럼요.

나의 대답에 그가 발걸음을 옮겨 매장 한가운데 있는 빨간 소파에 앉았다. 등받이에 기대지 못하고 팔꿈치로 허벅지를 누른 자세로 두 손을 맞잡았다.

셔츠를 주문하려고요. 얼마나 걸리지요?

일주일이요.

그는 무언가를 곰곰이 생각하는 모습이었다.

좀 걸리네요.

그 앞에 셔츠 한 벌이 나올 수 있는 폭의 원단을 여러 개 늘어놓고 작지를 들어 주문 날짜를 적었다. 펼쳐놓은 원단 중에서 그는 흰색 한 빛깔의 무지를 들어 올렸다.

주머니는 달지 말아 주세요. 그리고 셔츠 깃을 좀 높게 해주세요. 제가 목이 길거든요.

고개를 길게 빼고는 다소 느릿느릿, 그는 자신이 하는 말에 귀를 기울이고 있는 것 같았다. 여전히 불편한 자세를 하고 있는 그에게 나는 처음 웃음을 보였고 그제야 그도 나에게 웃음을 보였다.

이니셜도 새겨주나요? 그럼 소매 끝에 넣어주세요.

네. 성함 알려주세요.

정기훈이에요.

주문서에 그의 이름과 선택한 원단 번호를 쓰고 그가 원하는 디자인을 그려 넣었다. 그리고 탁상달력의 날짜를 헤아려 완성 날짜를 적었다. 그를 다시 바라보았을 때 무릎 사이에 맞잡고 있던 기다란 손이 내 시선을 온전히 잡았다. 손등의 도드라진 혈관 사이 딱지가 앉은 생채기와 깨물고 깨물어 빨갛게 부푼 손톱 밑의 살갗이 보였다.

사이즈 잴게요.

줄자를 들고 나는 그의 곁으로 다가갔다.

목 치수를 재기 위해 마주 서고 보니 그는 내가 생각했던 것보다 키가 컸다. 그의 턱선을 감싸고 있는 수염자리가 푸르스름했고 뾰족하지 않은 목젖에는 오소소 소름이 돋아 있었다. 그는 바지의 옆 솔기에 손바닥을 대고 차렷 자세로 서서 허공에 시선을 두었다. 두 손으로 줄자를 잡고 목에 두르려는 순간, 그가 고개를 약간 숙이고 나를 바라보았다. 머뭇거리지 않기 위해 나는 시선을 내려 줄자의 눈금을 읽었다.

가슴둘레를 재야 했기에 한쪽 손으로 줄자의 끄트머리를 잡고 다른 한 손은 그것을 잡으려 그의 등 뒤로 가져갔다. 그의 가슴에 얼굴이 닿으려 했으나 나는 얼굴을 돌리고 팔을 최대한 뻗었다. 양팔을 벌리고 서 있는 그의 가슴에서 전해지는 온기에 입안이 달착지근했다. 그에게로 가까이 기울였던 몸을 세우고 줄자를 그대로 내려 허리둘레를 쟀다.

줄자의 눈금만 읽고 주문서에 기록할 뿐, 나의 머릿속은 하얗게 흐려 치수에 대한 가늠이 없었다. 그의 등 뒤로 가서 어깨너비를 재고 손목을 지나 손등의 중간 부분까지 소매 기장을 재어 주문서에 적어 넣는 동안에도 나는 내가 어떤 숫자를 쓰고 있는지 알지 못했다. 줄자를 세로로 잡고는 목덜미에서 그가 입고 있는 초록색 티보다 조금 더 길게 셔츠 기장을 쟀다. 나중에 보니 그는 마른 체형이었고 키와 어깨에 비해 팔의 길이가 길었다.

셔츠의 디자인이 바뀌고 사이즈가 달라졌으므로 일주일이 지나도 그의 셔츠는 완성되지 않았다. 그가 다섯 번째 와서는 이니셜을 소매가 아닌, 잘 보이도록 셔츠 옷깃에 넣어달라고 했고 일곱 번째 왔을 때는 매장 한가운데에 서서 두 팔을 곧게 뻗어 앞으로나란히를 했다.

소매 기장이 짧을 것 같아요. 이렇게 해서 재주세요.

창으로 들어와 매장 한구석에 이르던 햇살이 그의 손목 부근에서 어룽거렸다. 그의 모습이 조금 웃기긴 했으나 그의 눈은 잠시 슬퍼 보였다. 나는 줄자를 들고 그에게 멀지 않게 다가가 여느 때와 마찬가지로 비누 향과 함께 약하게 풍기는 술 냄새를 맡았다.

그럼 너무 길 텐데요.

팔을 올리고 생활하는 경우가 많아 손님에 따라 길게 주문하는 경우도 있었지만, 이건 심하다 싶었다. 아르바이트 면접을 왔을 때 사장의 말이 떠올랐다. 잘 맞아야 하는 게 기본이지만 손님의 취향이 우선입니다. 소매 기장을 확인해보니 전 사이즈보다 이 인치나 길었다. 나는 난감하다는 표정을 지어 보이며 그를 쳐다봤다. 여전히 앞으로나란히를 하고 서 있는 그에게서 눈을 뗄 수 없었다. 그래서였을까. 줄자를 거두는 과정에서 그의 팔에 나의 손톱이 스치듯 닿았다.

괜찮으세요?

나는 어느새 그의 팔을 붙들고 묻고 있었다.

아프지 않아요. 괜찮아요.

그가 대꾸했다.

얼마나 걸리지요?

세상만사 관심 없다는 얼굴이었지만, 그의 물음은 이해할 수
없었다. 치수와 디자인을 수정하면서 매번 하는 질문이었다. 혹
여 셔츠의 완성일이 때 이르게 와버리는 것을 그가 바라지 않는
것인지. 무언가 망설이고 있는 건 아닌지. 나는 주문서에 그가
원하는 대로 소매 기장을 수정했다. 그리고 이미 여러 번 미루었
던 완성 날짜를 지웠다.

기울어진 침대가 있어요.

말문을 열고, 그를 바라봤다.

소매길이가 셔츠 기장과 비슷하여 허벅지를 간질였다. 깃과
앞단의 채운 단추를 열다 실의 올이 풀려 헐거워져 있던 단추 하
나가 떨어졌다. 한 장 마름으로 한 줄의 솔기를 가진 소매를 양
팔로 잠시 감싸고는 셔츠를 벗어 벽에 있는 옷걸이에 걸었다. 옷
가슴 주머니에 떨어진 단추를 넣고 손을 펼쳐 대보았다. 벽의 찬

기운이 느껴진다.

그의 모습이 떠오를 때면 여닫는 문이 없는 창으로 들어와 고요하게 흔들리던 햇살이 배경이 되었다. 실제로 어디를 향한 것이 아닐 터인데 그에게 머물던 햇살에 나는 안도했다. 차도 건너 큐, 나나 가게를 바라보며 주문서를 정리하고 변형이 없도록 원단을 펼쳤다 다시 개고 청소를 하는 동안 그의 어깨에 짊어진 옷더미가 주문서에 스케치 되었고 펼쳐진 원단 아래 햇살 받은 그가 길모퉁이를 돌았다.

끔찍해? 그럼 관둘게.

다세대 주택 이 층인 나의 집에서 그가 말했다. 꼬깃꼬깃 구겨 손아귀에 움켜쥐었다가 펼쳐놓은 종이처럼 그의 가슴은 흉터로 얼룩져 있었다. 그는 그렇게 아프지 않았다고 고백하는 얼굴이었으나 나는 간담이 서늘해졌다. 그의 흉터를 바라보게 된 사실보다 끔찍하냐는 그의 물음 때문이었다.

끔찍하지 않아.

내가 말했고 그는 웃는다고 할 수 없는 모호한 표정으로 나의 눈을 응시했다. 다행히 주변은 조용하지 않았다. 언젠가 가져다 놓은 선풍기가 전동기의 축을 끄덕거리며 둔하게 돌아가고 있었고 그 소리에 나는 떨리는 숨을 숨겼다.

그가 팔을 벌리고 조각난 품에 나를 안았다. 모든 것이 익숙하게 느껴졌으나 나도 모르게 다리에 힘이 들어갔다. 그가 움직일 때마다 아랫배가 울컥 아파 왔지만, 그 앞에서 소리를 지르고 싶지는 않았다. 그의 손이 나의 머리를 감쌌다. 등이 닿은 매트리스 부분이 움푹 들어가 있는 탓에 우리의 몸은 자꾸만 한쪽이 낮아졌다. 점점 우리는 서로를 보듬지 못했다. 한쪽으로 기울어지지 않기 위해 애를 써야 했으므로. 침대의 한 귀퉁이를 짚은 채 한동안 그는 내게 뜨거운 입김을 전했다. 주문한 셔츠의 완성날짜를 열 번째 미룬 날이었다. 그 후, 우리는 서로를 바라보았고 진작부터 웃을 준비를 하고 있었으며 때가 되면 맞지 않는 옷을 아무렇지 않게 걸치듯 눈과 입가에 웃음을 걸었다. 그리고 나는 웃고 있는 동안 허리가 비스듬해졌다.

허리를 세우고 목을 왼쪽 오른쪽으로 돌렸다. 사진 찍을 때 고개 똑바로 하라고 하지요? 다리는 한쪽으로만 꼬게 되고. 수영하면 옆으로 가고. 의사는 나의 척추 엑스선 사진을 유심히 바라보며 말했다. 척추 측만증이 있는데 그곳에 염좌가 생겼어요. 진단하고는 혹여 다른 기관에는 문제가 없는지 이것저것 내게 물었다. 갑자기 무리한 일이 있나요? 평소 안 좋은 자세를 하고 있습니까? 의사는 큼지막한 몸을 내게 숙이며 안색을 살폈다.

내가 아닌 나의 어머니가 안 좋은 자세를 오래도록 지탱했어요. 나는 의사에게 대답했다. 물끄러미 쳐다보던 의사는 처방전에 소염제와 함께 소화제를 써넣었다.

생일인데. 작년 이 무렵 어머니가 내게 말했다. 물에 불린 미역 줄기 몇 가닥이 어머니의 바지를 적시며 붙어 있었고 바닥에는 엎어진 냄비에서 물이 흘러나왔다. 미역국이라도 끓여주고 싶은데 냄비도 못 들겠어. 딛고 있는 지반이 쉼 없이 움직이고 있는 것처럼 어머니의 몸과 얼굴은 흔들리고 있었다. 관절염이 생기고부터 종아리 두께와 같아진 발목마저. 그 후, 날이 갈수록 어머니는 거동이 불편하고 발음도 어눌해졌다. 검사 결과 소뇌수축이란 진단만 나왔을 뿐, 약을 먹는 일 말고는 별다른 치료 방법이 없었다. 나는 어머니의 얼굴을 바라보지 못하고 그저 웃느라 몸이 흔들리는 건지도 모른다고 생각했다.

어느 비가 오던 오후, 눅눅한 어둠 속에서 어머니가 창밖을 향해 서 있었다. 흔들리는 묘석처럼 보이는 까닭에 서둘러 소리 내어 불렀다. 엄마. 보행기는 흔들리는 묘석을 온전히 배겨내지 못했다. 엄마. 내가 다시 부르자 고개를 좌우로 쉴 새 없이 움직이던 어머니는 나를 돌아보는 대신, 나를 돌아보려면 얼마나 더듬거려야 하는지를 알려주고 있었다. 그러고는 홀로 웃었다. 한 계절이 바뀌고 봄바람이 살랑살랑 불기 시작한 언젠가부터 어머니는 웃음이 헤퍼졌다. 보행기를 끌다 모서리에 부딪혀도 웃고, 마음대로 자세를 잡을 수 없을 때도 웃고, 말하려 하는데 단어나 접속사 같은 게 생각나지 않을 때도 웃었다. 배가 고프거나 화장실에 가고 싶을 때처럼 생리적인 현상이 찾아오면 또 그렇게 웃었다. 미안한 듯 난감한 표정이었다. 웃고 있는 어머니에게서 나는 또 그렇게 고개를 돌렸다. 하려던 얘기나 묻고 싶던 말들이 머릿속에서 어지러이 헤어져 어머니와 함께 웃는 걸 잊어버리곤 했다.

 기울어진 침대가 있는데 어찌해야 하느냐는 나의 물음에 그는 자신의 손을 가만히 바라봤다. 손등을 덮고도 남을 만큼 소매장을 길게 수정해달라며 셔츠매장에 방문한 그날이었다. 매트리스의 위아래를 바꾸면 괜찮을까요. 누군가 말을 했고 우리는 어느새 손을 맞잡고 있었다. 상가를 지나 골목길의 어스름 속에서 종종 서로를 바라보면서. 그러나 현관문에 열쇠를 넣어 돌린 후 문을 열고 들어서기 전부터 나는 굽은 침대가 변함없으리라는 것을 알았다. 오래도록 눈을 감고 있는 그의 곁에서도 다음 날 그다음 날, 그의 가슴에 새겨진 가시박을 보았을 때도. 매트리스를 돌려 위아래를 바꾸었어도, 매트리스를 뒤집어 앞과 뒤를 다르게 했어도 여전히 침대는 비스듬히 비뚤어져 있었다.
 내 안에 가시박이 자라.

그가 말했을 때 나는 그게 뭐냐고 묻지 않았다. 그의 곁에 꼭 붙어 두 눈을 크게 뜰 뿐이었다. 공복에 소주 반병과 점심 반주로 또 소주 반병, 찌개와 같은 안줏거리를 두고 저녁에 마시는 소주 두 병. 그런 날이면 이따금 여러 마디의 말을 풀어놨다. 말이 많지 않은 그가 자신을 보이곤 했다.

중요한 건 그걸 바라보는 거야. 생장 속도가 너무 빨라 매일매일, 한시도 쉬지 않고 가려내야 해. 가시박에 열매가 맺기 전에, 가시가 돋기 전에. 그러지 않으면….

그러지 않으면?

묻는 순간 듣고 싶지 않다는 생각이 들었으나 어느새 그의 목소리가 들려왔다.

햇빛을 보지 못해. 모든 것을 덮어버리니까.

그가 대답하고는 창밖을 바라봤다. 모든 것을 덮어버려 참을 수 없는 시간이 오게 되어도 상관없다는 투였다. 가시박은 모든 식물을 천천히 고사시키는 생태 교란 식물이라고 했다. 넓적한 잎사귀가 무성하게 달린 넝쿨들이 얽히고설켜 온 땅을 뒤덮는 탓으로 주변에 있는 농작물과 나무들은 그늘 속에서 말라죽을 수밖에 없다고.

사람 몸에 가시박이 자랄 수 있다는 건, 더구나 자신의 생태를 교란하는 무엇이 숨을 쉬고 있다는 건 이해하기 어려웠으나 진실로 느껴졌다. 달리 앉을 곳이 마땅하지 않아 우리는 침대 머리판을 기대고 비스듬히 앉아 있었다. 가시박에 관해 이야기하던 그가 눈을 감았다. 여기저기 흔하게 볼 수 있다는 가시박의 모양새를 떠올릴 수는 없었지만, 그의 몸을 휘감고 있는 초록 잎들이 그와 나 사이를 가로지르고 넓게 몸피를 늘여 뻗어 가는 것 같았다. 바람에 휘어지고 밀려도 부러지지 않는 힘은 단단한 땅을 훼손하고 있었다. 무언가를 바라보는 중이었을까. 그는 감은 눈을 뜨지 않았다.

그의 팔을 베고 누워 그가 덮고 있는 조각보 이불 같은 가슴에 손바닥을 올렸다. 둥글게 원을 그리자 손바닥에 여러 갈래의 홈 사이로 이상한 두께가 느껴졌다.

이제 괜찮아?

이제.

그는 무심한 얼굴로 대답하고는 나를 안심시키려는 마음이 들었는지 조금 웃고 있었다.

바라보면 돼. 내 몸 어느 곳에 뿌리내리고 있는지, 어디를 휘감고 있는지.

그는 천장에 눈길을 둔 채였다. 그의 안에 자라고 있다는 가시박은 좀처럼 없어지지 않을 것 같았다. 그, 자신을 향하고 있기에 더욱 그래 보였다.

씨앗이 떨어지면 십 년이 지나도 발아를 한다는 덩굴성 식물. 장비 진입도 어렵고 농약 사용도 할 수 없어 오직 수작업으로만 제거해야 하는 생태 교란 식물. 생장 속도는 얼마나 빠른지 하루에 삼십 센티미터까지 자라며 한 줄기의 덩굴이 오 미터까지 자란다고 했다. 언젠가 신문에 게재되어 있는 기사를 읽은 적이 있었다. 한 줄기마다 적어도 수천 개의 씨앗이 달리고 그 씨앗이 홍수나 토사에 쓸려나가 주위 일대에 자리 잡는다는 가시박을 떠올리자 몸에 소름이 돋았다. 연녹색의 꽃이 피어 있는, 가시로 덮인 꽃줄기에 긁혀 생채기가 난 기분이었다. 나는 그가 햇빛 한 줄기 보지 못하게 될까 봐 조바심이 났다. 그의 심장박동이 빠르게 뛰고 있었는데 어떤 순간을 맞닥뜨리면 가슴 안에서 그런 일이 벌어지는지 나는 알고 있었다.

줄곧 생각해서 그래. 그럼 잊어버릴 수가 없잖아.

줄곧 잊어서 그래. 그럼 다시 기억하니까.

그는 마치 나의 말을 흉내라도 내는 것처럼 말하고는 내가 짓고 있었을 법한 표정도 얼굴에 담았다. 별로 재미있지 않았다. 나는 상체를 기울여 그의 가슴에 새겨진 조각 사이를 핥았다.

간지러워.

그가 내 얼굴을 떼어내고는 두 손을 펼쳐 자신의 가슴을 감쌌다. 손가락 사이로 여러 가닥의 초록빛 줄기가 보이는 듯했다. 그와 나란히 누운 자세로 함께 창밖의 연보랏빛 가로등 아래 있는 간판을 바라봤다. 언젠가 생긴 그곳에 동네 바다, 라는 글씨와 함께 새우, 낙지, 조개 종류의 해산물이 그려져 있었다. 푸르게 불을 밝힌 바닷속에 붉은 아가미를 가진 물고기가 보였다.

창가로 비쳐든 간판불이 발치 아래 침대 머리 판에 경계를 이루고 있다. 그 옆으로 주홍색 커튼이 닫힌 문처럼 어둡다.

죽음을 슬프다고 생각하면 저는 슬픈 옷을 만드는 거잖아요. 그렇게 생각하지 않아요. 텔레비전 속에 누군가 인터뷰를 하고 있었다. 다큐를 보며 스트레칭을 했다. 엑스레이에 찍혀 있던 굴곡진 허리가 떠올랐다. 똑바로 누워 다리를 번갈아 가슴 쪽으로 끌어당기고 다리를 모아 세운 채 허리를 아래로 지그시 누르기를 반복했다. 그러고는 머리 정수리를 땅에 대고 물고기 자세로 가슴을 활짝 열었다. 엎드려선 상체를 들어 올리며 호흡을 내뱉었다.

수의를 지을 때는 가시는 길에 막힘이 없으라고 실의 매듭을 짓지 않으며, 빈손으로 간다는 뜻에서 주머니를 만들지 않아요. 여전히 누군가의 차분한 목소리가 들렸다. 수의를 만드는 사람에 관한 다큐였다. 텔레비전을 끄고 침대 위에 거꾸로 누웠다.

움푹 들어간 곳에 등을 대고 누워 몸이 기울면, 왠지 참고 참던 소리를 낼 것만 같았다. 눈을 감고 몸에 힘을 빼 보아도 잠이 오지 않는다. 잠을 자야지, 눈을 감으면 그 문이 삐걱거리며 열리고 눈을 뜨려는 그 간극으로 이미 소리가 고여 들었다.

순대가 먹고 싶어. 아버지가 지방으로 친척 어른의 장례식장에 간 날, 어머니는 나에게 전화를 걸어왔다. 수화기 너머 어머니의 어눌한 말과 함께 웃음소리가 들렸다. 어머니의 웃음소리는 나에게 전화를 건 것에 대한 미안함과 뭔가 먹고 싶다는 것에 대한 민망함 사이를 데굴데굴 굴러다녔다.

나는 공장에 주문받은 옷을 넣으러 가는 길이었고 돌아와선 매장을 지켜야 했으며 퇴근 후엔 친구가 어렵사리 예매한, 백만 관객을 돌파했다는 연극을 보러 가기로 한 날이었다. 연극이 끝나고 출연진들의 인사마저 모두 지켜본 다음에야 자리에서 일어났다. 친구와 연극에 대한 느낌을 서로 주고받다 헤어진 후 전화를 걸었다. 어머니는 받지 않았다.

지금 가는 중이다. 수화기 너머 아버지의 숨 가쁜 목소리가 들려왔다. 집으로 갔을 때 눈물로 범벅된 아버지의 손에는 하얀 압박붕대가 들려 있었다. 그리고 마지막으로 본 어머니의 얼굴은 평소와 다른 모습이었다. 어머니는 구두를 신고 있었는데 구부러진 다리가 많이 지쳐 보였다. 흔들리는 아버지의 어깨를 바라보다 순대가 담긴 봉지를 떨어뜨렸다. 무릎이 꺾이고 목과 허리와 등과 팔이 모두 낮아지고 있었다. 나는 조금도 움직일 수 없었다.

순대가 먹고 싶다던 어머니는 나를 기다리다 웃고, 오지 않는 나를 기다리다 또 웃고 그랬을까. 미안해서 웃고, 무안해서 웃고, 마지못해 웃고, 울고 싶어서 웃고. 어머니의 웃는 모습은 곱지 않았지만, 거동이 불편하고 발음이 어눌해지는 세상을 살아가던 어머니가 이루는 조화일지 몰랐다. 졸음이 밀려와 눈을 살포시 감는 순간에도 어머니의 얼굴은 가만히 있지 않았다. 그러면 잠에서 깨어나 어머니는 웃었고 가빠진 숨을 돌리느라 그 웃음을 다시 마셨다.

머물지 못하고 소리는 맴돌았다. 그때마다 나는 어머니의 오목한 귓바퀴를 바라봤다, 고개를 모로 꼰 채 주억거리는 어머니의 귓바퀴를. 그토록 흔들거리면서도 무사한 웃음이 이해할 수 없었다. 무엇이 웃긴 거냐고, 정말 웃긴 거냐고, 아니 그토록 웃고 싶은지 묻고 싶었다. 그러나 나의 물음은 어머니의 오목한 귓바퀴가 아닌 집안에 어질러졌다. 치우고 치워도 가시지 않았다. 더 오래 더 심하게 웃기 전에 나는 어머니가 이 세상에 없기를 바란 적이 있었다. 내가 기억하는 모습이 그런 흔들림이 아니길 원하면서.

침대에 누워 한쪽이 낮아진 몸에 소리가 고여 들면 나는 다르게 움직이지 못했다. 어머니와 같이 웃고 서로의 웃음을 마시고 함께 흔들릴걸. 별 것 아닌 일에 웃는 건 모진 마음을 먹은 탓이라고. 허리가 한쪽으로 기운다. 어쩌면 하루하루 어머니가 먼저 이 세상에 없기를 바랐는지도 모른다.

벽에 걸린 그의 셔츠를 물끄러미 바라보다 일어나 커튼을 젖히고 창문을 열었다. 어둠 속에서 환하게 불이 켜진 간판이 보인다. 창 너머에서 비릿한 바람이 불어왔다.

셔츠를 한 벌 맞춰야겠구나.

어머니가 세상을 떠난 뒤 어느 아침, 아버지가 말했다. 서울 외곽에서 낚시 가게를 운영하는 아버지는 편안한 의자 다 놔두고 언제나 벌을 서듯 손바닥만 한 낚시 의자에 쪼그리고 앉았다. 바닥으로 고개를 숙이고 바짓가랑이에 붙어 있는 티를 떼어내려다 손바닥에 들러붙은 티가 잘 떨어지지 않는지 거듭 손가락을 놀리다 다시 바지에 쓱쓱 문질렀다.

아버지의 목 치수는 그사이 반 인치 줄어 있었고 어깨는 물론 셔츠 기장과 소매장도 마찬가지였다. 등과 어깨의 살이 내린 까닭이었다. 가슴은 둘레를 재고도 줄자가 한참 남아 아래로 길어졌다.

소매 기장은 좀 길게 해다오.

혼잣말처럼 중얼거리고는 뭉툭한 주먹으로 한참 동안 눈을 비빈 후 얼굴을 들었다.

너무 길면 불편해요.

아버지는 숙어진 눈썹을 찌그린 채 붉어진 눈으로 허공을 바라봤다.

딱 이 정도.

아버지가 팔을 죽 뻗고는 손등을 가리켰다.

네 어머니를 편안하게 반기고 싶구나.

낚시 의자에 꼼짝없이 앉아 눈을 감고 있는 아버지를 자주 보았다. 졸고 있는 것 같지는 않았는데 딱딱하게 보이는 체구는 평소보다 납작해지고 작아졌다. 그렇게 아버지는 스스로 정지하고 있는 듯했다.

무엇이 달라지겠니. 장면이 멎고 세상이 멈추는 일은 그 사람만이 바라본 풍경일 테지. 먼저 말이다.

아버지가 한쪽 벽면에 그림자를 드리우고 있는 어머니의 보행기를 바라봤다.

허리를 왼쪽 오른쪽으로 기울이고는 눈을 감았다. 파들거리는 가슴께에 손을 얹었다. 어머니는 이따금 집에서 반짝이는 검은

색 에나멜 구두를 신고 있었다.

집에서 왜 신발을 신고 있어요?

외출 준비를 하는 거야. 기분이 좋아지거든.

보행기를 끌며 어눌하고 가늘어진 목소리로 말하던 어머니는 구두 신은 발을 한 걸음 한 걸음 내디뎠다.

걱정 마라. 지금 나가려는 건 아니야.

창밖으로 굵은 빗소리가 들려온다. 세상에 울림을 만들고 있다. 가끔은 어둠을 기다리듯이 비를 기다린다. 비는 조바심을 치기는 해도 몰래 숨는 법이 없어서 마음을 드러내놓는 일이 수월해지는 시간을 허락한다. 하지만 누군가의 하루하루 품던 바람을 바라보지 않으려 했던 내가 굽은 허리를 세우고 울 수 있을까.

내 안의 가시박을 바라봐.

듣고 싶지 않았던, 쉼 없이 흔들리던 웃음소리가 들린다고, 마치 이제야 들리는 것을 안 것처럼. 지나가는 차들의 경적이 내리는 빗줄기를 요란하게 만들었다. 그저 빗소리에 기댈 수는 있을까. 두려움이 아니라 조바심이라고.

나, 한 번도 그래 본 적이 없었어.

셔츠매장이 아닌 도로 이면에 있는 카페 안이었다. 그의 말을 들으며 햇빛이 가루처럼 흩날리고 있는 창가에 눈길을 두었다. 지나치게 빛나는 바람에 녹이 슬은 창틀과 먼지 묻은 커튼이 빛에 갇힌 것처럼 보였다.

뭐랄까. 좀 신기했어. 내가 원하는 대로 맞춤을 할 수 있다는 게. 그럴 수 있다는 것조차 몰랐으니까.

나는 등이 뻐근해져 와 허리를 좌우로 기울였다. 커피잔 안에 남아 있는 커피를 수저의 오목한 부분에 담았다가 수저를 기울여 흘렸다.

원하지 않아도 주어진 것, 보고 싶지 않아도 보이는 것들만 알았지. 가끔은 겁쟁이가 되기도 했는데.

그가 햇살에 장난기 어린 눈을 살짝 찌푸렸다. 허리를 등받이에 기대고 나는 두 손으로 앉아 있는 자리를 짚었다. 천으로 된 꿉꿉한 소파는 그곳까지 미친 햇볕으로 꾸덕꾸덕 말라가고 있는 듯했지만, 카페 안은 곰팡냄새가 가득 고여 있었다.

나, 척추측만증이 있어. 의사가 그러는데, 그런 얘기는 듣지 않는 게 좋대.

그런 얘기?

겁쟁이 얘기.

내가 말하자 그는 또다시 익살맞은 표정을 지어 보였다. 하지만 나는 그의 얼굴에 새겨져 있던 자국이 조금은 짙어진 인상을 받았다.

슬퍼?

아니.

우리는 가늘게 뜬 눈으로 마주 바라봤다. 옆 테이블에 앉아 있는 아저씨는 커피를 시켜놓고 신문만 들여다보고 있었다. 뭔가 골똘한 투로 헛기침을 하며 목을 가다듬는 소리와 함께 신문 젖히는 소리가 요란하게 들려왔다. 아저씨의 얼굴을 가리고 펼쳐진 면에는 자살(自殺)이라는 소제목과 함께 적지 않은 분량의 기사가 실려 있었다.

왜 그러는 거 같아?

나에게 묻고 있는, 그의 눈길로 고개를 돌리려다 말았다.

벗어나려고.

나는 대답했다.

아니, 들키지 않아서야.

엉터리.

창을 향해 앉아 있는 그의 눈가에 드리운 음영을 바라봤다. 마음에 들지 않는 그의 표정이었지만, 나는 웃지도 울지도 않았다.

하루하루를 얕잡아 볼 수가 없어서. 믿을 거라곤 결심할 수 있는 자신밖에 없게 되는 거.

그의 말을 들으며 나는 다시금 허리가 비스듬해졌다. 어머니의 하루하루는 어떠했을까. 고개를 숙이고 더 작아진 눈으로 둔해진 발걸음을 내려다보던 어머니. 흔들리는 바람에 눈물을 훔치기도 쉽지 않았던 몸에 돌돌 말려 있던 하얀 압박붕대. 얼마나 더듬거리며 자신의 결심을 믿었던 걸까. 보이고 싶지 않을 거란 생각에 보지 않았던 순간, 어머니의 손길은 무엇을 향해 있었을까. 바라보면 흔들림을 확인하는 일이 될 것만 같아 외면했던 순간, 나의 눈길은 어디를 향해 있었던 건지 모르겠다.

먼 곳은 언제나 여기보다 나쁘지 않은 곳으로 보이니까.

그렇게 말하는 그에게 먼 곳을 그려본 적이 있느냐고 묻지 않았다. 이제 괜찮다던 그의 말이 수상쩍게만 느껴졌다. 고개를 가누지 못하고 도로를 가르던 그의 모습이 떠올랐으므로. 이제 괜찮다면, 담판이라도 지으려는 것처럼 달리지는 않을 테니까. 위험을 버티고 달리는 그의 모습에 슬퍼지곤 했던 순간. 대수롭지 않은 듯 무모해 보일수록 내 마음을 사로잡던 질주. 조각난 그의 가슴이 마주한 바람을 느끼면서 들리던 기억. 웃음소리가 귓속에 고이고 있었다.

누군가와 함께였는데. 들키지 않았어. 아니 내가 보지 않은 거겠지.

그가 혼잣말처럼 얘기했다.

살아가면서 뭘 알게 되는지 알아?

내게 묻고는 웅크린 채 몸이 딱딱하게 굳은 듯 움직이지 않았다.

알게 되는 게 뭔데?

역설적이게도 그걸 알게 되면 살아가는 걸 멈춰야 한다는 거야.

그는 내가 결코 잊지 못할 표정으로 입꼬리에 힘을 주고 있었다.

무슨 말인지 모르겠어.

나는 그의 손가락을 입으로 가져와 깨물었다.

아파?

그의 얼굴 가까이 나의 콧잔등을 들이댔다. 그는 미간을 좁히고 코에 주름을 만들고는 입술을 동그랗게 만들었다.

아파.

그의 손가락을 다시 한번 깨물었다. 그는 내게 맡긴 손을 빼지 않았다. 나로 인해 그가 아플 수 있다는 사실은 그의 어딘가를, 나의 어딘가를 바라볼 때처럼 먹먹하게 만들었다. 아프지 않다며. 괜찮다며. 네가 그랬잖아. 나는 중얼거리며 한쪽으로 기울어졌고 그는 초록으로 물들었다. 우리는 그런 서로를 바라보다 눈과 콧잔등 위에 시선이 머물렀고 마음에 들지 않는 서로의 표정을 바라보고는 웃었다.

나는 그날 있었던 일을 말하면서 기분이 나쁘거나 혹은 우울했던 일에 관해 수다를 늘어놓았고 그는 그날의 햇살과 바람 그리고 조금씩 변한 풍경을 묘사했다. 이를테면 오토바이를 타고 급

경사를 오르내리거나 아슬아슬하게 사고를 피한 순간에 느낀 햇살과 바람이었다.

느닷없이 선명해져. 거대한 하늘과 바람이. 내가 가늠할 수 없는 공간이 되어 버려. 그럼 다 우스워지는 거야. 사는 일이 하루살이의 하루일지도 모른다고.

어떠한 것에도 당황하거나 감동하지 않는 것처럼 담담한 투로. 모든 것이 사소한 놀라움일 뿐이라는 얼굴로 그는 말했다. 너무나 무심하게 들리는 그의 말이 살아가는 걸 두려워하지 말라는 말로도 들렸고 살아가는 게 몹시 무의미하다는 뜻으로도 여겨졌다.

날마다 누가 사는지 죽는지도 모르면서 뭐가 그렇게 중요해. 무슨 기대를 하고 뭘 확신하면서 견디는 걸까. 여기까지면 어때. 그만하면 어때.

나는 그의 발갛게 부푼 손톱 밑의 살갗을 응시했다. 소주 반병으로 하루를 시작한다는 그와 소화제로 하루를 마감한다는 나를 떠올리고 있었고 척추측만증이 있는 나에 대하여, 가슴속에 가시박이 자라고 있다는 그에 대하여 새삼 기억했다.

아주 오래 걸릴 것 같아. 네가 주문한 셔츠 말이야.

내가 말했다. 그는 나를 한동안 바라봤다.

그의 손. 문득 그 순간을 겪고 있는 듯 입안에 그의 살갗이 느껴질 때가 있다. 하루살이 이야기를 하던 그 순간 그에게 달려들어 넌 들켰다고, 완전히 들켰다고, 그러니 네가 주문한 셔츠는 완성되지 않을 거라고 하려다 그저 오래 걸릴 것 같다고 말했다. 그가 무슨 생각을 하는지 아는 체하고 싶지 않았다. 그러면 그가 무슨 생각을 하게 될지도 모르니까. 분명, 입을 다물고 있었는데 그날 이후 그가 보이지 않았다.

가시박에 긁혀 가슴이 부르터 오르는 날이면 자다 일어나 곤두선 그의 머리칼을 떠올리며 웃고 술에 취해 더듬거리는 그의 말투를 기억하다 웃고 어딘가에 정신을 팔며 야단스럽게 다리를 떨고 있던 그의 모습에도 웃었다. 그럴 때마다 등받이에 기대지 못하고 앉아 있던 그의 자세와 창백한 얼굴에 띤 초록빛 웃음을 함께 되살리곤 했다. 혹여 그의 안에 자라고 있다는 가시박이 열매를 맺고 가시가 돋아난 건 아닐까.

하루하루를 얕잡아 볼 수가 없어.

보이지 않는 그에게 말을 건네며 나는 셔츠의 완성 일을 지우고 다시 적어 넣었다. 디자인을 변화시키고 사이즈를 수정하면서. 옷깃의 모양을 종류별로 바꾸고 소매 커프스 또한 여러 가지 형태로 고쳐 앞선 날과 달리했다. 목을 덮을 만큼 높은 옷깃으로도 남자 학생복 같은 카라 디자인으로도 바꾸고 소매 기장을 줄여 어떤 날은 반소매가 되도록 했으며 셔츠의 길이가 허리까지 짧게 오도록 한 적도 있었고 셔츠 기장 아랫단에 트임을 넣기도 했다. 마음에 들지 않는 표정으로 그가 담판이라도 지을 것처럼 달리는 모습이 떠오르는 날엔 이니셜의 글씨체를 바꾸고 등 주름의 겹을 수정하며 완성날짜를 미뤘다.

원하는 대로 주문이 가능한가요.

나직한 너의 목소리가 들리는 듯해. 날이 밝아 아침이 오면 너의 아침이 되겠지. 너는 세상 밖 생의 예복을 입을 수 있다고 생각할지도 몰라. 그러나 원하는 대로 맞춤은 가능하지 않아. 때가 되지 않았으니까.

벽에 걸려 있는, 유난히 소매가 긴 셔츠. 깃과 몸판의 이음선 그리고 소매가 달린 진동 둘레와 앞단의 단추 집 덧단을 눈으로 그린다. 디자인을 원래대로 수정했지만, 옷가슴에는 그가 주문하지 않은 두 개의 주머니가 달려 있고 셔츠 주머니 안에는 올이 풀려 떨어진 단추가 들어 있다. 셔츠는 아직 완성되지 않았다. 셔츠의 주문일을 다시 적어 넣어야 할 테니까.

진실한 순간의 진실들

허 희(문학평론가)

    2013년 신춘문예로 등단한 유희란은 당선 소감에 이렇게 적었다. "세상을 살아가며 진실할 수 있는 순간은 언제일까. 시간의 흐름을 겪은 후 어느 날 지난 시간을 되돌아보는 일. 아마도 그럴 것이다. (……) 가족들은 내게 말한다. 아픈 사람이 등장하지 않고 슬프지 않은 이야기를 쓰기를 바란다고. 때리고 후벼 파고 매달렸던 그 무엇. 나는 유독 그러한 것에 관해 쓰고자 했는지 모른다." 그녀의 당선 소감을 짧게나마 소개하는 이유가 있다. 이것이 그로부터 8년 뒤 출간하는 첫 소설집 『사진을 남기는 사람』에 다가갈 유용한 이정표가 되기 때문이다. "앞으로는 따뜻하고 행복한 이야기들이 나의 인상에 남기를 원한다."라는 소망을 밝히기도 했지만, 이후 유희란이 쓴 소설들은 보다시피 '아픈 사람이 등장하는 슬픈 이야기'로 채워졌다. "때리고 후벼 파고 매달렸던 그 무엇"이 다른 것으로 그리 쉽게 대치될 수 없음을 다시 확인한다. 다소 변화가 있더라도 작가의 문학적 스타일은 작가의 얼굴만큼 고유하다.

당선 소감을 좀 더 살펴보면, 유희란이 중요하게 여기는 소설의 주제가 드러난다. 그녀는 "세상을 살아가며 진실할 수 있는 순간"을 포착하려 하고, 그 방법을 "지난 시간을 되돌아보는 일"로 삼는다. 세밀하게 분류하자. 유희란이 붙잡아 내려는 것은 세상의 진실이 아니다. 허위의 삶으로 점철된 어떤 사람이 아주 가끔 마주하게 되는, 거짓 없는 바로 그때를 착목하려는 것이다. 과거를 성찰하는 작업은 그래서 가치가 있다. 이미 일어난 사건이 무마되거나 극적으로 반전되지는 않는다. 그러나 '나'의 존재가 달라진다. 이력저력 세상에 적응해 사는 내가 나의 전부가 아니라, 이를 되새기는 나도 있음을, 그렇게 회고하는 윤리를 내가 수행할 수 있음을 발견하게 되니까.

이런 관점으로 우리는 작품집에 실린 여덟 편의 단편을 읽을 수 있다. 그것을 '기다리는 일로서의 삶', '아프면서 남겨진 삶', '위장 혹은 포용으로 잇는 삶' 세 가지로 계열화해보면 어떨까.

*

■ 기다리는 일로서의 삶 : 「유품」 「사진을 남기는 사람」 「천장지비」

「유품」은 유희란의 등단작이다. 당시 심사위원(현길언·권영민)으로부터 "인간의 존재론적인 고독의 문제를 세상을 떠난 독거자의 유품을 정리하는 과정을 통해 섬세하면서 깊이 있게 처리했다."라는 평을 받았다. 『떠난 후에 남겨진 것들』(김새별, 청림출판, 2015)이라는 유품정리사의 에세이가 화제가 된 적도 있지만, 이보다 앞서 유희란은 유품정리사를 주인공으로 한 소설을 발표했다. 죽음과 삶을 명징하게 연결 짓는 것이 그녀가 쓴 작품의 특징이다. 이는 죽은 이가 남긴 물건을 치우는 일을 하는 '내'가 임신부라는 사실과 연관된다. '나'는 또 다른 생명을 품은 채, "시취"가 풍기는 망자의 집을 드나든다. 죽음과 삶이 분리돼 있지 않다는 메시지를 전하는 이 소설이 "산다는 게 뭔지 아나?"라는 질문을 던지는 것은 자연스러운 수순이다.

그런 물음의 답을 「유품」은 "기다리는 일"이라고 내놓는다. 사람이나 때를 기다리는 삶의 형태는 「사진을 남기는 사람」에서 구체화되는데, 그것이 사진 예술이다. 이 작품에는 프레데릭 좀머·윌리 로니스·로버트 카파·앙리 카르티에 브레송 등 유명 사진가들의 사진론이 거론된다. 그중 세바스치앙 살가두의 프로젝트를 설명하는 대목을 주의 깊게 볼 필요가 있다.

> 거북이를 찍기 위해 그는 거북이 자세로 온종일 기다려야 했거든요. 멀리서 기다리는 일이 그에게는 생소한 경험이었을 것입니다. 그러다 가까이 다가가 기다릴 수 있게 되었을 땐 그것만으로도 가슴이 벅찼을 테지요.(82쪽)

점점 기다리는 일과 연동하는 삶의 의미가 뚜렷해진다. 뭔가를 다퉈 얻어내려 하는 사람도 있으나 대체로 우리는 그 싸움에서 패배하고 마니까.

「천장지비」는 기다리는 일로서의 삶이 극대화된 작품이다. 박씨는 다락방을 "하늘과 땅속에 감추어져 드러나지 않는 염원"을 이룰 수 있는 "천장지비의 터"라고 여긴다. 그녀가 바라는 바는 죽은 남자의 부활이다. 공이의 아버지이자 박씨의 남편인 그는 사고사했다. "흙구덩이 속으로 떨어져" 사망했으니 사고사가 맞는 표현 같지만, 실은 틀린 표현이다. 성냥공장을 운영하던 다정했던 남자는 법적으로 승소할 가망이 없는 철거

명령에 저항하다 죽었다. 귀신을 보고 미래를 점치는 무당 박씨도 철거계고장을 내세워 집을 밀고 들어오는 굴착기 앞에 무력하다. 샤머니즘은 의식을 치르면서 기다리다보면 사자(死者)를 산 자로 되돌릴 수 있다고는 약속해도, 무작정 기다리다보면 산 자의 삶이 차츰 나아질 거라는 약속은 감히 하지 못한다.

■ 아프면서 남겨진 삶 : 「밤하늘이 강처럼 흘렀다」「무람없이 그의 이마에 앉아 있었다」

「밤하늘이 강처럼 흘렀다」는 장루 주머니를 차고 살아가는 이모의 하루를 보여주는 것으로 시작한다. 그녀는 정부가 장루 주머니 지원을 확대 실시해야 한다는 일인시위를 계속하고, '나'에게 "현실감각"을 강조하는, 생존 의지가 충만한 사람처럼 보인다. 한데 이 작품은 배변 처리 문제로 삶의 질이 급격하게 낮아질지언정, 이 정도의 고난에 굴하지 않고 씩씩하게 살겠다는 이모의 투병 극복기로 단순하게 이행하지 않는다. 소설은 이모와 '나'의 관계, 둘 사이에 드리워진 비밀이 천천히 밝혀지는 쪽으로 나아간다. 여기에 또 한 가지 에피소드가 덧붙여진다. '나'와 "직각으로 굳어버린 팔"을 가진 그와의 연애—이별담이다. 작품은 이와 같은 세 개의 서사 층위가 얽히면서 작동한다. 이것은 유희란 단편의 인장이라 할 만하다. 위 작품 들을 살펴보면서 자세히 서술하지는 않았지만, 그녀는 보통 세 가지 축(표층·중간층·심층)을 설정하고 동시에 구동하여 하나의 전언으로 수렴시킨다.

살기 위해 회피와 망각의 전략을 택한 이들이, 본인이 그토 록 숨기려 했던 실체와 끝내 대면하게 되는 인생의 냉혹한 법 칙. 이는 "예의를 지키지 않으며 삼가고 조심하는 것이 없게" 들이닥친다. 이에 따라 우리는 아프면서 (여분처럼 주어져) 남 겨진 삶을 꾸려나간다.

「무람없이 그의 이마에 앉아 있었다」가 그리는 장면도 그러 하다. 이 소설에는 남편의 이마에 함부로 내려앉은 파리나 모 기 따위의 쌍시목을 잡으려 애쓰는 부인의 이미지가 선명하다. 그렇지만 부인은 방충망이 있어도 틈을 비집고 들어오는 날렵 한 쌍시목을 잡지 못한다. 그것은 물론 상징이다. 아무리 방비 하려 해도 막을 수 없고, 열심히 쫓아내려 해도 그럴 수 없는 불행을 뜻한다. 예컨대 유망한 기계체조 선수였던 남편의 예기 치 않은 부상과 뒤이은 비정규의 고난이 그에 해당될 것이다. 한때 우람한 근육으로 "평행봉을 잡고 두 팔로 온몸을 지탱"하 며 균형 잡힌 자세를 유지하던 그는, 이제 "이해할 수 없는 것 에도 말이 안 되는 것에도 불만을 품지 않"는 쪼그라든 사내가 됐다. 불가해한 비극이다. 그럼에도 부부는 서로를 가정의 비유인 "착지"와 "온 세상"으로 긍정한다. 불가해한 비극에 대응하는 이해 가능한 희극이다.

■ 위장 혹은 포용으로 잇는 삶 : 「이제」 「셔츠」

의류 디자이너를 제재로 한 소설 두 편이 나란히 배치돼 있다는 점은 유희란 소설집에서 특기할 만하다. 두 가지 연유가 있는 듯하다. 첫 번째 까닭을 「이제」에서 찾을 수 있다. 패션에 감춰진 함의를 여자가 짚어내는 대목이다.

변장할 수 있다는 거예요. 나를 표현하지만, 의도적으로 내 이미지를 완전히 바꿀 수 있어요. 변신이기도 한 거죠. 예를 들어 레이어링 기법에 뛰어난 사람이 있어요. 옷을 겹쳐 입듯이 자신을 보이지 않도록 위장하는 거예요.(174쪽)

나도 변장하는 걸까요. 메타모르포제. 인위적으로 이미지를 바꾸는 거예요. 당신 앞에선 내가 아니니까. 다른 사람들과 함께 있을 때와 달라요. 당신과 유사한 사람이 되거나 전혀 다른 사람으로 변하는 건지도 모르겠어요. 성격마저 송

두리째 바꾸고 싶은 상태가 된 거 같아요.(175~176쪽)

여자는 옷을 입는다는 것을 진짜 나를 숨기려는 변장과 변신이라고 역설한다. 실제로 패션에는 이런 꾸밈의 속성이 강력하다. 여자는 남자와 있을 때 자신도 이처럼 바뀌는지 모르겠다고 부연한다. "어처구니없게도 아무 일 없다는 듯 살아가기 위해." 하지만 옷은 상처를 가릴 순 있어도 치유하진 못한다. 위장으로 잇는 삶은 파국으로 치닫는다.

유희란이 의류 디자이너를 제재로 한 소설을 쓰는 두 번째 까닭은 「셔츠」에서 찾을 수 있다. 텔레비전 다큐에 출연한 수의 제작자가 하는 말을 통해서다.

죽음을 슬프다고 생각하면 저는 슬픈 옷을 만드는 거잖아요. 그렇게 생각하지 않아요. (……) 수의를 지을 때는 가시는 길에 막힘이 없으라고 실의 매듭을 짓지 않으며, 빈손으로 간다는 뜻에서 주머니를 만들지 않아요.(238쪽)

'나' 역시 수의 제작자와 비슷한 마음으로 셔츠를 만든다. '나'에게 옷은 한 사람에게 정확히 맞춰진, 그리하여 그의 이니셜을 새기고, 그 옷을 입고 지낼 그의 안녕을 비는 유일무이

한 핸드메이드다. 정작 의뢰인은 제대로 알지 못하는 그의 신체 사이즈를 '나'는 꼼꼼하게 파악한다. 그러면서 의뢰인만의 독특한 분위기를 감지해내기도 한다. 옷이 그의 위장술이라는 「이제」의 여자와 달리, '나'에게 옷은 그를 향한 포용술이다. 안 그랬다면 '나'는 가슴에 가시박이 자라는, 고통을 제 몸 안에 품고 사는 정기훈과도 인연을 맺지 않았으리라. 그가 주문한 셔츠의 완성은 거듭 수정되고 유예됐으나, 대신해 '나'는 그의 고통을 감싸 안았다. 포용으로 잇는 삶은 파국을 비껴난다.

*

당선 소감에 유희란은 또한 이렇게 적었다. "비록 사소한 이야기일지 모르나 누군가의 가슴에 온기를 전해줄 수 있기를 또 원한다." 소설가가 되고 8년 동안 쓴 그녀의 작품들이 '아픈 사람이 등장하는 슬픈 이야기'임을 부인할 수는 없다. 그래도 유희란 소설집에는 그녀가 소원한 대로 온기가 흐르고 독자에게 가닿는다. 뜨겁지 않고 미약해서 오히려 미덥다. 유희란은 "세상을 살아가며 진실할 수 있는 순간"을 포착하려는 작가지만, 이것이 절대화되는 현상을 경계하기 때문이다. 「사진을 남기는 사람」에서 그녀는 사진작가의 입을 빌려 이에 대해 말한다.

섬세하게 묘사하는 까닭에 객관적인 사실이라고, 그러니 진실하다고 믿겠지만 찰나의 진실일 뿐 영원하지 않아요. 작가의 감정에 따라 실체의 왜곡도 가능합니다. 그러므로 사진은 이해가 아니라 감정의 동요라고 할 수 있어요.(76쪽)

사진을 소설로 바꿔 넣으면 예리한 소설론의 일부로 해석할 수 있는 구절이다. 유희란이 이 작품을 첫 소설집의 표제작으로 삼은 요인도 이와 무관하지 않겠지. '기다리는 일로서의 삶', '아프면서 남겨진 삶', '위장 혹은 포용으로 잇는 삶' 이후의 삶은 '소설을 남기는 사람'인 그녀가 작품으로 증명을 되풀이할 테다.

작가의 말

왜 안 오지. 나를 데리러 왜 안 오는 걸까.

아이의 모습이 어렴풋이 보이는 듯했다. 몸에 비해 커다란 쇼핑백을 한 손에 들고 마론인형을 꼭 잡은 다른 손은 가슴께에 붙인 채 서 있었다. 오가는 낯선 사람들. 아이보다 키가 작은 사람은 아무도 없었으므로 아이는 고개를 한껏 높이 들어야 했다.

나는 잠에서 깨어나 베개 밖으로 비뚜름하게 빠져나온 고개를 바로 잡으며 그 아이를 떠올렸다. 햇살에 달궈지도록 하늘을 향해 이마를 들고 오래 기다리는 일에 지칠 새도 없이, 아이는 기다리는 일을 열심히 하고 있었다.

그 아이는 누구였을까. 나를 기억하고 있었다는 자각이 들 때는 부러 아니라고 부인하지 않았다. 이따금 외로워지는 날이면 어김없이 그 아이가 되곤 했으니까. 나는 누군가가 돌아올 때까지 아이를 내버려둘 작정이었다. 재회를 원하는 건 아니었다. 다만 아이를 언제까지 실망하게 하고 싶지 않다는 마음이었다. 하지만 이제 그러지 않기로 했다. 그 누군가에게 무슨 일이 생겼을지도 모르는 일이었다. 어쩌면 아이에게로 가는 길을 차마 나서지 못하고 꾸물거리고 있을지도 몰랐다.

소설을 쓰기 시작했다. 꾸물거리는 누군가의 이야기를 헤아려 쓰고 기다리는 아이의 이야기를 가늠하여 썼다. 조금은 사려 깊은 사람이 된 듯 느껴졌다. 다시 바라보았다. 바라보니 여전하다. 그 자리에 서 있다. 나무처럼.

아이는 자랄 것이다. 점점 멀리 바라보게 되는 날이 올 것이다. 어떤 날엔 겪어보지 않은 사연도, 살아내지 못한 삶도 없다고 전하며 사실은 기다리는 게 아니라 타고 난 자리가 그러한 나무처럼 서 있는 거라고 고백하게 될지도 모른다.

관목이 교목이 되는 나무와 같이, 오랜 시간 용기 내며.

출간을 도와주신 분들께 감사드립니다.

귀한 추천의 말 주신 공선옥 작가님, 따뜻한 시선으로 해설 주신 허희 평론가님 감사합니다. 제 의견에 세심하게 귀 기울여주신 아시아 편집부에도 감사 인사드립니다.

　사랑하는 사람들에게 고마움을 전합니다. 그들 곁에선 내가 쓸모있는 사람인 듯 여겨져 행복합니다. 소설 쓰는 일도 그러합니다.

2021년 5월 유희란

사진을 남기는 사람
ⓒ유희란

2021년 5월 31일 초판 1쇄 펴냄
2021년 10월 29일 초판 2쇄 펴냄

지은이 유희란
펴낸이 김재범
인쇄·제본 굿에그커뮤니케이션
종이 한솔PNS
펴낸곳 (주)아시아
출판등록 2006년 1월 27일
등록번호 제406-2006-000004호
전화 031-955-7958
팩스 031-955-7956
주소 경기도 파주시 회동길 445
이메일 bookasia@hanmail.net
홈페이지 www.bookasia.org

ISBN 979-11-5662-546-9 (03810)

* 이 책은 2014년도 대산문화재단 대산창작기금 수혜작입니다.
* 이 책 내용의 전부 또는 일부를 재사용하려면 반드시 저작권자와 아시아 양측의 동의를 받아야 합니다.
* 값은 뒤표지에 표시되어 있습니다.